Die steinige Bucht
Selmas und Majas Höhle
Die einsamen Dünen
er Woll- und
astelladen
ollknäuel"
Hafen
Pension
Ferienpension
N
NW
NO
W
O
SW
SO
S

Svenja Stein

Sommer auf der Hummelinsel

Mit Illustrationen von Naeko Walter

WOOW BOOKS

Dieses Buch widme ich voll Dankbarkeit meinem Papa.
Du warst immer für mich da, hast mich bedingungslos
geliebt und mit deinem Optimismus Berge versetzt.
Danke für all die kostbare Zeit mit dir.

FSC www.fsc.org
MIX
Papier aus verantwortungsvollen Quellen
FSC® C043106

1. Auflage 2020

Originalausgabe

Satz und Layout: Dörlemann Satz, Lemförde
Druck und Bindung: Grafisches Centrum Cuno GmbH & Co. KG, Calbe
ISBN 978-3-96177-021-2
www.woow-books.de
www.instagram.com / woow_verlag

Inhalt

Auf der Fähre

Selma lehnte an der Reling und winkte ihren Eltern ein letztes Mal zu, während die kleine Fähre aus dem Hafen tuckerte. Es roch nach Meer, und die Sonne stand schon hoch am Himmel. Ein paar Möwen begleiteten das Schiff und zogen über dem Deck ihre Kreise, so als wollten sie die Fahrgäste auf ihrer Überfahrt zur Insel begrüßen. Selma blinzelte zu ihnen hinauf. Nach einer eigenwilligen Seemannsweisheit ihres Opas sagten viele Möwen einen schönen Sommer voraus. Bisher hatte er mit seinen Weisheiten immer recht behalten. In Selmas Bauch kribbelte es vor Aufregung. Die Ferien bei ihren Großeltern würden bestimmt toll werden!

»Magst du nicht reinkommen, Mäuschen? Ich hab schon einen Tisch für uns gedeckt.«

Selma drehte sich um. Im Türrahmen zum Fahrgastraum stand Oma Erika in ihrem geblümten Kleid, das Selma so liebte. Es war übersät mit kleinen Blüten und hatte große Knöpfe über der Brust. Selma lief ihrer Oma entgegen und umarmte sie dann fest. Sie duftete nach Flieder und Erdbeeren – und ganz doll nach Oma. Jedes Mal, wenn Selma ihre Großeltern auf der Insel besuchte, holte Oma Erika sie vom Festland ab. Jetzt betraten die beiden den geräumigen Innenraum der Fähre, der von Sonnenlicht durchflutet war.

Oma Erika steuerte zielstrebig einen der Tische an den Fenstern an, auf dem eine kleine Spitzendecke ausgebreitet war, Servietten mit Leuchtturmmotiv lagen und zwei Teller, zwei Becher und eine Flasche standen.

Selma ließ sich mit einem zufriedenen Seufzer auf die Sitzbank plumpsen und schob ihren Rucksack unter den Tisch. Ihre Oma war einfach Weltklasse in Sachen Gemütlichkeit!

»Es geht doch nichts über ein ordentlich vorbereitetes Picknick«, sagte Oma Erika und schenkte Selma von dem selbst gemachten Fliederbeersaft ein.

Selma kicherte. Sie kannte niemanden, der so versessen auf Picknicks war wie ihre Oma. Sogar ein trostloser grüner Plastiktisch auf der Fähre wurde im Handumdrehen mithilfe von einem kleinen bestickten Deckchen und einem großen Korb in eine Picknickwiese verwandelt.

»Wenn du willst, kannst du schon mal die Dose mit den Zimtschnecken aus meinem Korb holen«, schlug Oma Erika vor.

»Au ja!« Selma griff nach Oma Erikas Korb und zog an der Dose. Dabei kullerte ein Apfel heraus, steuerte schnurstracks auf das Ende der Sitzbank zu und polterte auf den Boden.

»Oha! Der wollte wohl ausbüxen«, ertönte plötzlich eine tiefe Stimme. Ein großer Mann mit einer altmodischen Brille auf der Nase trat an ihren Tisch und streckte Selma den Apfel lächelnd entgegen.

»Danke«, sagte Selma und betrachtete den Mann neugierig. Er trug eine kurze Hose, eine Angler-Weste und graue Socken in Ledersandalen.

»Das sieht ja gemütlich aus bei euch«, sagte der Mann. »Wir hätten uns auch etwas Proviant für die Fahrt mitnehmen sollen, stimmt's, Martin?« Er drehte sich zu einem Jungen um, der ungefähr in Selmas Alter sein musste und ein paar Meter entfernt vor einem Berg aus großen Trekking-Rucksäcken, Taschen und Keschern stand. An seinen Füßen leuchteten strahlend weiße Turnschuhe.

Jetzt lief der Junge zu ihnen herüber. Selma sah, dass er drei kleine Muttermale auf seiner rechten Wange hatte.

Der Junge guckte frech zu seinem Papa hoch: »Du wolltest uns ja eigentlich Brote schmieren. Aber dann hast du deinen Geldbeutel verlegt und musstest ihn suchen. Und dann deine Schlüssel. Und dann …«

»Schon gut, schon gut«, unterbrach ihn sein Papa und kratzte sich verlegen am Kopf.

»Setzt euch doch zu uns«, schlug Oma Erika vor. »Wir haben genügend Zimtschnecken für alle.«

»Wirklich? Das ist aber nett. Also, wenn wir nicht stören …«

»Papperlapapp! Ihr stört nicht im Geringsten. Ich heiße Erika, und meine Enkelin Selma ist über die Sommerferien zu Besuch auf der Insel. Und ihr zwei? Macht ihr auch Urlaub auf unserer Insel?«

Der Mann schüttelte Oma Erika und Selma die Hand. »Freut mich sehr. Ich bin Johan, und das ist mein Sohn Martin. Genau, wir haben uns ein Zimmer in der Ferienpension gemietet.«

»Alle nennen mich Marre«, berichtigte ihn der Junge und sah Selma freundlich an. »Coole Latzhose.«

Selma strich zufrieden über den festen blauen Stoff. »Danke, das ist meine Lieblingshose.«

Johan boxte Marre in die Seite. »Toll, was? Jetzt kennst du schon jemanden, mit dem du spielen kannst!«

Da bekam Marre ganz rote Ohren, und er grinste Selma verlegen an.

»Warum habt ihr so viel Gepäck dabei? Bleibt ihr lange auf der Insel?«, fragte Selma und beobachtete beeindruckt, wie Johan sich eine ganze Zimtschnecke auf einmal in den Mund schob.

Er sah sich verschwörerisch zu allen Seiten um. Dann beugte er sich zu Selma rüber und flüsterte mit vollem Mund: »Dasch ischt meine Ausrüschtung. Isch hab eine wischtige Mischion zu erfüllen.«

»Eine Mission?«, fragte Selma. Das klang ja spannend!

Johan kaute weiter und riss die Augen weit auf. »Du meine Güte, schind die gut! Erika, wasch ischt denn da drin? Mhhh. Die schmecken irgendwie beschondersch. Fantaschtisch!«

Selmas Großmutter schmunzelte. »Ein altes Familienrezept. Mehr verrate ich aber nicht.« Sie zwinkerte ihm zu.

»Was ist das denn jetzt für eine Mission?«, fragte Selma und rutschte ungeduldig auf der Bank herum.

Marre verschränkte die Arme und lehnte sich zurück, als wüsste er genau, was jetzt kommen würde.

Endlich hatte Johan die Zimtschnecke verdrückt. »Ich bin auf der Suche nach der Deichhummel. Und das da …«, er zeigte feierlich zu seinem Gepäckberg, »ist meine Forscherausrüstung. Ich bin nämlich Insektenforscher.«

»Wie aufregend!«, rief Oma Erika.

Doch Selma war etwas enttäuscht. Sie hatte gehofft, dass er Geheimagent war oder wenigstens nach einem verborgenen Schatz suchte. Aber eine Hummel?

Marre grinste breit, als er Selmas Gesicht sah, so als wollte er sagen: »Ich hab's gewusst.«

»Und was ist so besonders an dieser Hummel?«, fragte Selma und strich sich eine Locke aus dem Gesicht.

»Nun, sie ist vom Aussterben bedroht und nur noch selten zu finden«, antwortete Johan und griff nach einer weiteren Zimtschnecke.

Jetzt war Selma plötzlich doch ganz Ohr. Sie liebte Tiere und wollte später einmal Tierschützerin werden. Brauchte ein Tier ihre Hilfe, selbst wenn es noch so klein war, dann konnte es auf Selma zählen. »Das ist ja traurig! Warum sterben sie denn? Und was kannst du dagegen tun?«

»Genau das ist meine Mission«, sagte Johan. »Ihr wisst ja gar nicht, in was für einem Hummelparadies ihr lebt! Auf eurer Insel haben meine

Kollegen letztes Jahr so viele verschiedene Hummelarten gefunden wie nirgendwo anders im Land! Deshalb möchte ich meine Mission auch unbedingt hier beginnen. Die Chancen stehen gut, die Deichhummel bei euch zu finden.« Eifrig stopfte er sich die nächste Zimtschnecke in den Mund. »Schagenhaft lecker!«

Und während die Fähre langsam in den Hafen der kleinen Insel schipperte, leerte Johan die Zimtschneckendose und erklärte Oma Erika und Selma seine Forschungsarbeit: Er würde alle Hummelnester, die er fand, aufzeichnen und Proben entnehmen. So ließen sich die einzelnen Hummelarten bestimmen. Falls er dabei Nester der Deichhummel entdecken sollte, könnte er herausfinden, warum sie gerade auf dieser Insel so gerne lebte.

»Wenn wir wissen, was sie mögen und was sie zum Leben brauchen, können wir dafür sorgen, dass die Deichhummeln auch wieder an anderen Orten auftauchen«, sagte Johan.

Selma hörte gespannt zu und fand die Hummelforscherei gar nicht mehr so dumm.

»Ich helfe dir beim Nestersuchen«, bot sie Johan an. »Ich kenne alle geheimen Ecken auf der Insel!«

»Eine hervorragende Idee«, sagte Oma Erika. »Meine Enkelin ist nämlich die beste Inselführerin weit und breit.«

Oma Erikas geheimes Zimtschnecken-Rezept

Kein Wunder, dass Johan gar nicht genug von Oma Erikas leckeren Zimtschnecken kriegen kann! Eigentlich verrät sie ihr Rezept niemandem, aber bei euch macht sie eine Ausnahme.

Zutaten für 12 Zimtschnecken:

Für den Teig:

150 Milliliter Milch · 1½ Teelöffel gemahlener Kardamom · 25 Gramm frische Hefe · 75 Gramm Zucker · 1 Prise Salz · 75 Gramm weiche Butter · 1 Ei · 600 Gramm Mehl

Für die Füllung:

100 Gramm weiche Butter · 50 Gramm Zucker · 1 Esslöffel Zimt

Für die Dekoration:

1 Ei · Hagelzucker

Was ihr sonst noch braucht:

Backofen · Backblech · Backpapier · Küchenwaage · Esslöffel · Rührschüssel · Messbecher · Topf · Teelöffel · Messer · Kochlöffel · Nudelholz · Backpinsel · Schneebesen · Küchenmaschine mit Knethaken · Geschirrtuch · Backhandschuhe oder Topflappen · Pfannenwender

Zubereitung:

1. Heizt den Backofen auf 200 Grad vor und legt Backpapier auf ein Backblech. Erwärmt die Milch bei niedriger Hitze in einem kleinen Topf und gebt das Kardamompulver dazu. Nehmt anschließend den Topf von der Herdplatte und schaltet sie aus.

2. Bröselt die Hefe in eine Rührschüssel und gießt die warme Milch dazu. Rührt ein paarmal mit einem Kochlöffel um, bis sich die Hefe vollständig aufgelöst hat. Anschließend fügt ihr den Zucker, das Salz, die weiche Butter und das Ei hinzu.

3. Verrührt alles kräftig mit dem Kochlöffel und arbeitet dann mit den Knethaken einer Küchenmaschine nach und nach das Mehl unter, bis ein glatter Teig entsteht. Der Teig ist perfekt, wenn er sich beim Kneten vom Schüsselrand löst. Ist der Teig noch zu klebrig, gebt ihr einfach etwas mehr Mehl dazu. Anschließend deckt ihr die Schüssel mit einem angefeuchteten Geschirrtuch ab und stellt sie für mindestens eine Stunde an einen warmen Ort, damit der Teig aufgehen kann.

4. Verrührt die Zutaten für die Füllung miteinander und bestreut die Arbeitsfläche mit etwas Mehl. Rollt den Teig anschließend mit einem Nudelholz zu einem dünnen Rechteck aus.

5 Bestreicht den Teig gleichmäßig mit eurer Zimt-Zucker-Butter-Mischung und rollt ihn zu einer dicken Rolle auf. Schneidet die Rolle in ca. ein Zentimeter breite Scheiben und legt sie mit etwas Abstand zueinander aufs Backblech. Es passen etwa sechs bis acht Zimtschnecken auf das Blech, die anderen Zimtschnecken müssen warten, bis das erste Blech fertig gebacken ist.

6 Verquirlt das übrig gebliebene Ei mit dem Schneebesen und bestreicht eure Zimtschnecken damit. Streut etwas Hagelzucker darüber und schiebt das erste Backblech in den Ofen. Nach ungefähr zehn Minuten sind die Zimtschnecken fertig, und ihr könnt das Backblech aus dem Ofen holen – Achtung, Backhandschuhe nicht vergessen! Lasst die Zimtschnecken kurz auf dem Backblech ruhen und nehmt sie dann vorsichtig mit einem Pfannenwender herunter. Jetzt könnt ihr die nächsten Zimtschnecken aufs Blech legen und in den Ofen schieben.

Tipp: Am allerbesten schmecken die Zimtschnecken frisch gebacken.

Belgische Knusperschokolade und andere Überraschungen

Oma Erika, Johan und Marre unterhielten sich noch weiter, doch Selma schnappte sich flink wie ein Eichhörnchen ihren Rucksack und lief an Deck. Sie beobachtete, wie die Fähre anlegte.

Am Kai wartete bereits eine kleine Menschenansammlung auf die Ankunft der Inselgäste. Selma konnte es kaum erwarten, von Bord zu gehen. Irgendwo dort unten mussten Opa Olle und Maja stehen. Selma suchte die Köpfe ab – und da! Sie erkannte ihren Opa sofort. Er war zwar nicht besonders groß, aber seine wuscheligen grauen Haare flimmerten wie feine Silberfäden in der Sonne. Direkt neben ihm stand ein kleines Mädchen mit akkurat geschnittenem Pony und schulterlangen schwarzen Haaren. Sie guckte etwas schüchtern zwischen zwei Erwachsenen hervor. Das war Maja, Selmas beste Freundin. Maja wohnte mit ihren Eltern, ihrem kleinen Bruder Bo und ihrem Hund in der Nähe von Oma Erika und Opa Olle.

»Hej, Opa! Maja, haaallooo!« Selma hüpfte, so hoch sie nur konnte, und winkte mit beiden Händen.

Als einer der Decksmänner ihr ein Zeichen gab, lief sie die Rampe hinunter auf den Kai. Noch bevor Selma sich zu Opa Olle und ihrer Freundin durchgeschlängelt hatte, stob Majas Hund auf sie zu und sprang an ihr hoch, sodass sie fast das Gleichgewicht verlor.

»Kasimir!«, prustete Selma lachend. »Du bist ja riesengroß geworden.« Sie streichelte ihm über den Kopf, schlang ihre Arme um seinen Hals und kuschelte ihr Gesicht ins Fell.

Da tauchte auch Maja auf, die so schnell wie möglich hinter Kasimir hergerannt war. »Mama sagt … er wächst noch«, brachte sie atemlos hervor. »Dabei ist er schon jetzt … größer … als ein Schäferhund.« Ihre braunen Augen funkelten vor Stolz.

»Ich hab dich so vermisst!«, rief Selma und ließ Kasimir los, um ihre Freundin ganz fest an sich zu drücken.

»Ich dich auch!«, antwortete Maja und erwiderte die Umarmung.

»Da ist meine kleine Seeratte ja endlich«, brummte eine Stimme hinter ihnen. »Komm zu Opa.«

Das ließ Selma sich nicht zweimal sagen.

»Es wurde auch allerhöchste Zeit, dass du uns mal wieder besuchst.« Opa Olle lächelte. »Und wo hast du Oma gelassen? Schnattert sie wieder mit der gesamten Schiffsbesatzung?«

In dem Augenblick schob sich Oma Erika mit entschuldigender Miene und Selmas restlichem Gepäck zwischen den vielen Menschen zu ihnen durch. »Tut mir leid, Kinder. Ich musste nur kurz …«

»… noch ein bisschen plaudern. Schon gut, Oma«, kicherte Selma und zwinkerte ihrem Opa zu.

»Amüsiert euch nur auf meine Kosten«, antwortete Oma Erika fröhlich. »Aber ich wollte doch sichergehen, dass Johan und Marre mit der Kutsche zur Ferienpension gebracht werden. Kommt, wir machen uns auch auf den Weg.«

Selma, ihre Großeltern und Maja schlenderten an einer Reihe rot-weiß gestrichener Holzhäuschen vorbei, die die Hafenpromenade zierten, während Kasimir vorwegtrabte. Jetzt, im Sommer, waren die Häuser mit bunten Fähnchen geschmückt, die bei jeder Windböe wild flatterten. Gedämpfte Musik drang aus einem kleinen Kiosk, dessen Eingang sich hinter mehreren Postkartenständern versteckte. Die Insel war ein freundlicher, ruhiger Ort ohne viel Trubel, weitab vom regen Treiben der Stadt. Und es sah alles noch haargenau so aus wie bei Selmas letztem Besuch: Da war der Woll- und Bastelladen *Wollknäuel,* in dem Oma Erika aushalf, der kleine Dorfladen mit der kuriosesten Mischung an Lebensmitteln und Haushaltswaren und die Eisdiele *Wünsch dir was,* wo es die besten und verrücktesten Eissorten gab, die Selma kannte. Auf einer Tafel neben dem Eingang stand in sorgfältiger Handschrift: *Eissorten des Tages: Kirsch-Banane, Mohn-Marzipan, Erdbeer-Käsekuchen und Belgische Knusperschokolade.*

Ein Blick in die Gesichter der Mädchen genügte Oma Erika, um ihren Geldbeutel zu zücken und sie in Richtung Eisdiele zu schieben.

»Ich nehme Knusperschokolade!«, rief Maja. »Die knistert wirklich im Mund. Du musst die Sorte unbedingt probieren.«

Und tatsächlich: Als Selma kurz darauf vorsichtig den ersten Löffel Knusperschokoladen-Eis in ihren Mund schob, kribbelte es auf der Zunge, und sie meinte sogar, ein leises Knistern zu hören.

Während Selma und Maja ihr Eis aßen, stiegen sie hinter Oma Erika und Opa Olle einen schmalen Weg hinauf, der vom Hafen wegführte und parallel zum Strand verlief. Der Hund rannte schwanzwedelnd voraus und suchte den Weg nach Fressbarem ab.

»Kasimir ist so klug und lernt ganz schnell. Er gehorcht mir fast immer«, sagte Maja stolz.

»Ich hätte auch gern ein eigenes Haustier«, sagte Selma. »Einen Hund, genau wie du, oder eine kleine Katze.«

»Morgen ist wieder Hundeschule. Möchtest du mitkommen?«

»Morgen kann ich nicht. Da helfe ich Johan und Marre bei der Hummelsuche. Aber das nächste Mal will ich auf jeden Fall dabei sein«, antwortete Selma und warf ihren leeren Eisbecher in einen Mülleimer.

»Wer sind denn Johan und Marre?«, fragte Maja neugierig.

Selma wischte sich mit der Hand über den Mund. »Oma und ich haben die beiden heute auf der Fähre getroffen. Marre ist so alt wie wir, und Johan ist sein Papa. Er ist Forscher und will eine Hummelart vor dem Aussterben retten. Und dazu braucht er meine Hilfe. Toll, oder?«

»Das klingt spannend«, sagte Maja.

»Johan und Marre bleiben die ganzen Ferien hier. Du musst sie unbedingt kennenlernen, sie sind lustig«, fuhr Selma fort. »Ob sie wohl ganz alleine Mittsommer feiern?«

Das Mittsommerfest am längsten Tag des Jahres war in jedem Sommer ein absoluter Höhepunkt. Dann wurde viel gesungen, gespielt, gegessen und um die Mittsommerstange getanzt. Selma und Maja durften sie immer mit Blüten und Blättern schmücken, bevor das Fest losging. Außerdem trugen sie Blumenkränze auf dem Kopf und hatten die Erlaubnis der Erwachsenen, so lange wach zu bleiben, wie sie wollten.

»Sie könnten ja mit uns feiern«, schlug Maja vor. »Das wäre doch schön! Und weißt du, worauf ich mich noch freue? Auf meinen Geburtstag!«

Die Freundinnen schmiedeten so viele Pläne für die Sommerferien, dass sie überrascht aufblickten, als sie plötzlich vor dem Haus von Selmas Großeltern standen. Es war kein besonders großes Haus, bot aber für alles und jeden Platz. Die stabilen Holzwände waren rot gestrichen, nur die Fensterrahmen und die Haustür strahlten weiß. Es gab auch einen Tischlerschuppen, in dem Opa Olle viel Zeit verbrachte. Oma Erikas ganzer Stolz war ein Gemüse- und Blumengarten, der einmal ums Haus herumführte. Nun schlüpften alle vier, dicht gefolgt von Kasimir, hinein.

Selma atmete tief ein und schloss für einen kurzen Moment die Augen. Es roch nach Pfeifentabak und frischen Blumen.

Kurz darauf polterten Selma, Maja und ihr Hund auch schon die alte Holztreppe hinauf und betraten ein geräumiges Zimmer direkt unter dem Dach, in dem Selma immer wohnte, wenn sie bei ihren Großeltern war. Kasimir fing sofort an, das Zimmer eingehend zu untersuchen und alles abzuschnüffeln.

Selma liebte ihr eigenes kleines Reich. Es hatte Fenster zu allen Seiten: zwei Bullaugen an den kurzen Seiten und zwei Kippfenster in der Dachschräge. Früher war es einmal das Kinderzimmer ihrer Mama gewesen. Der grün gestrichene Holzboden und die weiße Kommode stammten noch aus dieser Zeit. Die niedrigen Wände waren in einem bunten Konfettimuster tapeziert, und vom Dachgiebel hing eine hölzerne Möwe, die ihre Schwingen elegant auf und ab wiegte, sobald man an der langen Kordel zog.

»Endlich bin ich wieder hier!«, seufzte Selma, warf ihren Rucksack auf einen Korbstuhl und lief zum Bullaugenfenster neben ihrem Bett. Von dort hatte sie den besten Blick aufs Meer und die Schären, die gar nicht weit vom Haus entfernt waren. Sie öffnete das Fenster. Wenn sie die Ohren spitzte, konnte sie das leise Rauschen der Wellen hören.

Unten im Garten marschierte gerade Opa Olle mit einer dicken Werkzeugkiste in der Hand auf den Tischlerschuppen zu. Bevor er die Tür hinter sich schloss, sah er sich noch mal um, so als wollte er sich vergewissern, dass ihm niemand folgte. Selma runzelte die Stirn.

»Aaah, Hilfe – da ist was in deinem Bett!«, rief Maja im selben Augenblick. Sie hatte sich auf das Bett plumpsen lassen, sprang nun aber wieder auf die Beine und packte Selmas Hand. »Unter der Decke hat sich was bewegt.«

Kasimir spitzte die Ohren und schaute die Mädchen aufmerksam an. Ihm schien offenbar noch nichts Furchterregendes aufgefallen zu sein.

Selma schlug ohne Umschweife die Bettdecke zurück. »Du bist vielleicht ein Angsthase«, lachte sie und hielt Maja ein Geschenk unter die Nase.

Majas Wangen erröteten leicht, und sie setzte sich vorsichtig zurück auf die Bettkante. »Was da wohl drinsteckt?«

»Keine Ahnung.« Selma setzte sich neben sie und riss das Geschenkpapier auf. Zum Vorschein kam ein hübsches Buch. Der Einband war grün, und darauf war ein Mädchen mit langen Haaren und einem Rock aus roten Rosenblättern abgebildet. Auf ihrem Kopf saß eine umgedrehte riesige Butterblume, und in ihrer rechten Hand hielt sie einen Strauß aus Maiglöckchen.

»Ist alles in Ordnung? Ich habe einen Schrei gehört«, sagte Oma Erika besorgt, die plötzlich zur Tür hereinschaute.

»Das war ein Freudenschrei.« Selma knuffte Maja in die Seite.

Da fiel Oma Erikas Blick auf das Geschenk in Selmas Schoß. »Sehr gut, du hast das Herbarium also schon gefunden.«

»Das Hebelibum? Was ist das?«, fragte Selma und blätterte darin herum. Es gab lauter Bilder von verschiedenen Blumen und Blättern, einige Seiten waren aber auch leer.

»Ein HER – BA – RI – UM. Darin kannst du Blumen sammeln, die du auf der Insel findest. Du brauchst sie nur vorsichtig zu pflücken und zum Trocknen zwischen Küchenpapier ins Herbarium zu legen. Nach ein paar Tagen klebst du die Blumen dann in das Buch ein.«

Selma war gleich Feuer und Flamme. »Das ist ja toll! Komm, Maja, lass uns mal nachsehen, welche Blumen wir im Garten finden.«

»Aber bitte verschont mein Blumenbeet, ja?«, rief Oma Erika ihnen hinterher.

Bastelanleitung für eine Blumendruckpresse

Selma freut sich schon darauf, ihr Herbarium mit schönen Blumen zu füllen! Ihr wollt auch eine eigene Blumensammlung anlegen? Diese Blumendruckpresse hilft euch beim Trocknen eurer Schätze. Anschließend könnt ihr die Blumen in ein leeres Ringbuch (= euer Herbarium) einkleben.

Ihr braucht:

- zwei dünne Sperrholzplatten aus dem Baumarkt (jeweils 5 × 5 Zentimeter, man kann sie im Baumarkt zusägen lassen)
- fünf bis sieben Scheiben dicken Karton oder Wellpappe (jeweils 5 × 5 Zentimeter)
- zehn bis fünfzehn Blätter Aquarellpapier (jeweils 5 × 5 Zentimeter)
- eine Schere
- zwei breite und stabile Gummibänder
- Schleifpapier

Außerdem:

ein Ringbuch zum Einkleben der getrockneten Blumen, Tesafilm und, wenn ihr mögt, Blumen-Sticker, mit denen ihr den Umschlag des Ringbuches verzieren könnt

So geht's:

1. Schleift die Ecken eurer Sperrholzplatten mit Schleifpapier ab.

2. Legt eine Sperrholzplatte auf den Tisch und schichtet dann immer abwechselnd eine Scheibe Pappe und einen Bogen Papier darauf, bis beides aufgebraucht ist. Ganz oben sollte wieder Pappe liegen. Legt nun die zweite Sperrholzplatte darauf.

3. Jetzt könnt ihr die beiden Gummibänder nehmen und sie über eure Blumenpresse ziehen, damit sie alles gut zusammenhalten. Sobald ihr eine Blume zum Trocknen gesammelt habt, entfernt ihr die Gummibänder und hebt die obere Sperrholzplatte und den obersten Pappbogen ab. Legt eure Blume auf das Aquarellpapier und stapelt wieder zuerst die Pappe und dann die Sperrholzplatte darauf. Anschließend zieht ihr die Gummibänder darüber. Wenn die Blume nach ein paar Tagen getrocknet ist, könnt ihr sie in euer Ringbuch einkleben.

Auf Hummelsuche

Am nächsten Morgen verhielten sich Selmas Großeltern sehr merkwürdig. Oma Erika bestand darauf, dass Selma nicht das Haus verließ. Und dann verschwand sie mit einem Picknickkorb in der Hand im Tischlerschuppen. Währenddessen tigerte Opa Olle zwischen Küche, Flur und Wohnzimmer hin und her. Seine Stirn war runzeliger als ein frisch geborenes Mäusebaby, und er paffte gedankenverloren an seiner Pfeife. Dabei sah er immer wieder durch die Fenster in den Garten. Auch Selma behielt er beharrlich im Auge, damit sie sich nicht heimlich fortstahl. Und er wollte ihr unter keinen Umständen verraten, was da draußen vor sich ging.

Als Oma Erika endlich ins Haus zurückkehrte, baute sich Selma mit verschränkten Armen vor ihr auf. »Was ist hier eigentlich los? Hab ich etwa Hausarrest?«

»Ach, mein Schatz, das ist doch Kokolores! Natürlich hast du keinen Hausarrest«, gluckste Oma Erika vergnügt und drückte ihre Enkelin schnell an sich. »Du triffst dich doch gleich mit Johan und Marre. Was meinst du, Olle, sollen wir es ihr jetzt zeigen?«

Das ließ sich Selmas Opa nicht zweimal sagen. »Ich bitte darum. Wenn du alles vorbereitet hast, kann es losgehen. Diese Spannung hält ja wirklich keiner aus. Komm, Selma!«

Als sie die Tür zum Tischlerschuppen öffnete, brauchten Selmas Augen eine Weile, um sich im Raum zu orientieren. Überall ragten Werkzeuge aus Kisten und Regalen. Dicke Holzbretter lehnten an der einen Wand, verschieden große Sägen an der anderen. Ein Wunder, dass Opa Olle sich hier zurechtfand! Neben der Werkbank entdeckte sie etwas Großes, das mit einem weißen Laken bedeckt war. Opa Olle zog das Laken vorsichtig herunter, und Selma schnappte nach Luft. Vor ihr stand ein mintgrünes Fahrrad mit weißen Reifen. Links und rechts vom Lenker hingen silberne Fransen herunter, und an den Speichen des Vorderrads steckten kleine

bunte Sterne. Doch das war noch nicht alles: Zu beiden Seiten des Gepäckträgers war ein grüner Gummistiefel befestigt.

»Die Stiefel waren Opas Idee. Du kannst sie als Fahrradtaschen nutzen, siehst du?« Oma Erika zog eine in Butterbrotpapier verpackte Käsestulle aus einem der Stiefel und schaute Selma zufrieden an.

Selma strahlte und strich ehrfürchtig über den Sattel. Jetzt entdeckte sie am Lenker auch eine kleine Klingel in Form eines Frosches.

»Wir fanden, es wird Zeit, dass du dein eigenes Inselfahrrad bekommst«, sagte Opa Olle. »Ich habe wochenlang gesucht, bis ich einen geeigneten Drahtesel für dich aufgestöbert habe. Hier gibt es nicht so viele gebrauchte Fahrräder, weißt du? Hab es extra für dich umlackiert. Hoffentlich gefällt dir die Farbe.«

»Das ist das allerschönste Rad der Welt!« Selma klatschte aufgeregt in die Hände, ehe sie ihren Großeltern um den Hals fiel.

Mit einem Mal waren die dicken Runzelfalten auf Opa Olles Stirn verschwunden.

»Ich probiere es gleich aus.« Selma schob den grünen Flitzer aus der Werkstatt, wobei die bunten Sterne am Vorderrad fröhlich klackerten. »Ich hab auch schon einen Namen für das Rad: Es heißt ab sofort Mia.«

»Mia, das mintgrüne Fahrrad – wie passend.« Oma Erika reichte Selma einen Fahrradhelm. »Ich habe dir etwas Proviant in die Stiefel gefüllt, falls du auf deiner Insel-Erkundung mit Johan und Marre Hunger bekommst.«

Selma setzte ihren Helm auf, ließ sich den Sattel von Opa Olle auf ihre Größe einstellen und stieg auf ihr neues Fahrrad.

»Bis später!«, rief sie und trat in die Pedale.

Die Ferienpension, in der Johan und Marre wohnten, lag auf der anderen Seite vom Hafen. Selma musste nur ein kleines Waldstück durchqueren, dem Dünenpfad folgen, die Hügel kurz vor dem Hafen hinuntersausen – was mit dem Fahrrad besonders großen Spaß machte – und die Hafenpromenade entlangflitzen. Mia schwebte beinahe geräuschlos über den Asphalt. Nur die silbernen Lenkerfransen knisterten im warmen Fahrtwind.

»Schneller, Mia!«, rief Selma und strampelte, so sehr sie nur konnte. Fahrradfahren war ein bisschen so wie fliegen.

Als sie die Pension erreichte, zurrte Marre gerade einen Kescher an seinem Rucksack fest, und Johan pumpte zwei Fahrräder auf.

»Ah, da bist du ja schon. Guten Morgen, Selma!«, rief Johan.

Selma brachte ihr Fahrrad neben Marre zum Stehen und stieg ab.

»So ein Fahrrad hab ich ja noch nie gesehen.« Marre fuhr mit den Fingern durch die silbernen Lenkerfransen.

»Es ist ganz neu! Willst du es mal ausprobieren?«

Marre nickte eifrig. »Au ja!«

»Es ist wirklich nett, dass du uns die Insel zeigen willst, Selma«, sagte Johan, während Marre auf dem mintgrünen Rad über den kiesbedeckten Hof der Pension fuhr. »Wo fangen wir denn am besten an?« Er breitete eine große Karte auf der Holzbank vor dem Haus aus. »Die Deichhummel nistet gerne in Dünen oder auf großen Blumenwiesen, besonders liebt sie Klee. Hast du eine Idee, wo wir solche Orte finden können?«, fragte er etwas lauter, um das Knirschen und Spritzen der Schottersteine zu übertönen, die Marre beim Fahrradfahren aufschleuderte.

Selma senkte ihren Kopf über die Karte. Ihr fielen auf Anhieb mehrere geeignete Orte ein, aber sie wusste nicht genau, wo sie diese auf der Karte fand: die einsamen Dünen im Osten der Insel, die wilde Blumenwiese an den nördlichen Küstenfelsen und die große Waldlichtung am Kullerberg.

»Am besten fahren wir zuerst zu den einsamen Dünen«, sagte sie und schaute zu Marre, der gerade eine Vollbremsung hinlegte, die die Kieselsteine wild umherfliegen ließ.

Er grinste sie an.

Sie grinste zurück.

Selma hatte sich ihre Deichhummel-Mission einfacher vorgestellt. Obwohl Johan, Marre und sie bereits die Dünen sorgfältig abgesucht hatten und nun die Waldlichtung am Kullerberg unter die Lupe nahmen, war ihnen bisher noch keine Deichhummel begegnet. Zwar kreuzte immer wieder eine Hummel Selmas Weg, doch die anderen beiden schüttelten jedes Mal den Kopf, wenn Selma sie ihnen zeigte.

Johan schien das nicht groß zu stören. »Haltet Ausschau nach einer Hummel mit fast vollständig gelbem Pelz und dünnen schwarzen Streifen auf dem Rücken«, sagte er.

Ständig blieb er horchend stehen, kniete sich vor einem Erdloch auf den Boden und untersuchte es eingehend. Gerade hatte er einen Maulwurfshügel entdeckt. Er erinnerte Selma an einen Spürhund auf der Suche nach einer Fährte, und sie musste sich das Lachen verkneifen.

»Ich zeichne auf meiner Karte alle verschiedenen Hummelnester ein. Dann habe ich einen guten Überblick über die Hummelvölker der Insel. Hummeln wohnen am liebsten unter der Erde, zum Beispiel in alten Maulwurftunneln oder Wühlmausbauten«, erklärte Johan.

Selma hörte ihm gespannt zu. Je mehr Johan erzählte, desto lieber mochte sie Hummeln. Die kleinen Brummer waren nicht nur nützlich für die Natur, sondern auch ganz schön niedlich. Sie flogen schwankend hin und her, als wüssten sie nicht, wo oben und unten war. Manchmal konnte es auch passieren, dass sie beim Fliegen gegen Grashalme stießen und auf die Erde purzelten. Dann waren sie verwirrt und brauchten ein wenig Zeit, um sich wieder zu orientieren. Und im Vergleich zu den perfekt gebauten Nestern der Bienen konnten Hummelbehausungen sehr schief und chaotisch aussehen.

»Du musst aufpassen, dass die Hummeln nicht deinen Atem spüren. Sonst glauben sie, dass sie von einem größeren Tier angegriffen werden«, sagte Marre und setzte sich mit Selma ins Gras.

»Würden sie mich dann stechen?«, fragte Selma und zupfte an ein paar Grashalmen.

Marre zuckte mit den Schultern: »An sich sind Hummeln ganz harmlos, auch wenn sie einen Stachel tragen. Aber du solltest vorsichtig sein, wenn sie ihr Bein heben oder brummen und auf dem Rücken liegen, etwa so ...« Er legte sich ins Gras, streckte ein Bein in die Höhe und machte ein brummendes Geräusch.

Selma musste lachen.

Marre richtete sich wieder auf und pflückte eine Blume mit vielen kleinen violetten Blüten. »Hast du nicht gesagt, dass du ein Herbarium geschenkt bekommen hast? Hier, das ist Wiesenklee. Deichhummeln lieben ihn. Das sollte die erste Blume für deine Sammlung sein«, sagte er und reichte sie Selma.

»Danke!« Selma verstaute die Blume vorsichtig in ihrem Rucksack.

»Wollen wir Schluss machen für heute?«, fragte Johan und setzte sich zu ihnen.

»Ja, vielleicht?«, sagte Selma zögernd. »Es tut mir leid, dass wir noch keine Deichhummel gefunden haben. Ich war mir so sicher, dass in den Dünen oder hier auf der Lichtung welche sind.« Sie schaute Johan zerknirscht an.

»Das braucht dir doch nicht leidzutun! Die Deichhummel ist total selten. Ich hab auch noch nie eine gesehen«, warf Marre ein.

»Marre hat vollkommen recht.« Johan legte seine Hand auf Selmas Arm. »Als Hummelforscher muss man geduldig sein. Und die Orte, die du uns gezeigt hast, sind erste Sahne! Ich habe schon drei verschiedene Hummelarten entdeckt. Kommt, für heute ist die Mission beendet. Wir bringen dich nach Hause zu deinen Großeltern. Und wenn du magst, zeige ich dir und Marre noch, wie man ein Hotel für Hummeln und andere Insekten baut. Du hast ja erzählt, dass dein Opa für sein Leben gerne schreinert. Dann hat er doch bestimmt alles an Werkzeug und Material da, was wir dafür brauchen, oder?«

Selmas Oma war begeistert von der Vorstellung, ein eigenes Insektenhotel im Garten zu haben.

»Schade, dass Olle heute zum Angeln rausgefahren ist. Er hätte euch sonst bestimmt gerne geholfen«, sagte sie und schaute Johan, Marre und Selma neugierig beim Bauen zu.

Zur Stärkung hatte Oma Erika ihren fleißigen Handwerkern Marmeladenbrote und Fliederbeersaft auf den Gartentisch gestellt.

»So ist's recht, greif nur ordentlich zu!«, sagte Oma Erika, als Johan sich ein drittes Brot nahm, hineinbiss und genüsslich kaute. Doch plötzlich hielt er inne.

»Nanu, wen haben wir denn da?«, fragte er und sah zum Gartenzaun hinüber. Dort stand ein Mädchen mit dunklen Haaren und einem großen schwarzen Hund.

»Maja! Wir bauen gerade ein Insektenhotel«, rief Selma und winkte ihrer Freundin zu.

Maja kam neugierig näher, und Selma stellte sie den anderen vor.

»Freut mich sehr, Selmas Freunde sind auch unsere Freunde«, sagte Johan augenzwinkernd und schüttelte Majas Hand so überschwänglich, als hätte er schon ewig auf diesen Augenblick gewartet.

Maja lächelte schüchtern.

»Ist das dein Hund?«, fragte Marre. »Wie alt ist er? Kann man ihn streicheln?«

»Kasimir ist zwei«, sagte Maja und beobachtete Marre, der ihren Hund behutsam hinter den Ohren kraulte. Das mochte Kasimir am liebsten. »Wir kommen gerade aus der Hundeschule.«

»Hilfst du uns bei dem Insektenhotel?« Selma konnte es kaum erwarten, weiterzubauen.

Mit Majas tatkräftiger Unterstützung nahm ihr Projekt Fahrt auf: Die Mädchen malten ein Schild für das Hotel, Marre hämmerte ein paar Nägel ins Holz, und Johan setzte dem Hotel ein Dach auf. Nach getaner Arbeit warteten sie auf Oma Erikas Urteil.

»Ich bin stolz auf euch«, sagte Oma Erika zufrieden. »Die Insekten werden es richtig schön bei uns haben, ihr werdet sehen. Darauf müssen wir anstoßen!«

Sie schenkte allen ein Glas Fliederbeersaft ein.

»Eigentlich müssten wir das Hotel noch taufen. Das macht man doch bei Schiffen auch. Wie wollen wir es denn nennen?«, fragte Marre.

»Bloms blumiges Bienenhotel!«, rief Selma sofort.

»Perfekt.« Johan hob sein Glas in die Luft. »Auf *Bloms blumiges Bienenhotel*!«

Bastelanleitung für ein kinderleichtes Insektenhotel

Hummeln sind faszinierende kleine Tierchen – und so süß! Ihr wollt regelmäßig von ihnen besucht werden? Dann solltet ihr ihnen ein Insektenhotel bauen. Sie werden sich sehr darüber freuen.

Ihr braucht:

- eine leere und saubere PET-Flasche (am besten mit 1 Liter Fassungsvermögen)
- ein bis zwei Bögen Wellpappe
- wenn ihr mögt, Papier oder Bambusröhren
- eine Schere
- eine dicke Kordel
- breites Klebe- oder Paketband

So geht's:

1. Schneidet den Flaschenhals mit der Schere ab. Ihr könnt ihn anschließend entsorgen.

2. Rollt die Wellpappe zu einer dicken Wurst zusammen und steckt sie vorsichtig in die Flasche hinein. Die kleinen Lücken, die sich zwischen den Schichten der Wellpappe bilden, werden den Insekten später genug Raum für Nistplätze bieten.

Tipp: Wenn ihr die Flasche einmal kopfüber haltet und die Wellpappe nicht herausfällt, habt ihr alles richtig gemacht.

3. Die Wellpappe sollte mindestens einen Zentimeter aus der Flasche herausragen. Ist eure Wellpappe zu kurz, schneidet einfach mit der Schere noch mal ringsherum ein weiteres Stück von der Flasche ab.

4. Wenn ihr das Insektenhotel aufhängen wollt, könnt ihr ein Paketband an die Flasche knoten und sie damit in einem Baum oder Strauch befestigen.

Das Mittsommerfest

Normalerweise sah der schmale, von Bäumen gesäumte Weg, der von Selmas Großeltern zu einer großen Wiese führte, ganz unscheinbar aus. Doch wer ihn heute entlangschlenderte, der blickte sich staunend um: In den Ästen der Bäume flatterten bunte Fähnchen-Girlanden, die kreuz und quer über den Weg gespannt waren. Vor jedem dritten Baum stand eine kleine flackernde Laterne. Und wer genau hinhörte, konnte aus der Richtung des Hauses von Selmas Großeltern ein fröhliches Stimmengewirr hören.

Dort hatte man gerade alle Hände voll zu tun, das Mittsommerfest vorzubereiten: Oma Erika trug Geschirr aus dem Haus und legte es vorsichtig in einen großen Bollerwagen. Maja mühte sich damit ab, Kasimir vor den Bollerwagen zu spannen. Und Opa Olle, Johan und Marre schleppten laut keuchend die Mittsommerstange durch den Garten. Nur Selma war noch im Haus. Sie stand am Küchentisch und rührte in einem Topf.

»Kasimir ist jetzt so weit. Wir können die ersten Sachen

mit dem Bollerwagen zur Blumenwiese fahren«, sagte Maja, die gerade in die Küche kam. »Was machst du da?«

»Zitronenlimonade«, antwortete Selma. »Bin gleich fertig, ich muss nur noch schnell den Zucker unterrühren. Kannst du ihn mir raussuchen? Der steht irgendwo da oben auf dem Küchenregal.«

Maja durchsuchte das Regal, entdeckte ein braunes Tontöpfchen mit klitzekleinen weißen Kristallen und reichte es ihr. »Das würde ich auch gerne können«, seufzte sie und sah zu, wie ihre Freundin kurzerhand den gesamten Inhalt in den Topf kippte.

»Das ist überhaupt nicht schwer. Oma und ich haben schon oft Limonade zusammen gemacht. Ich zeig's dir gerne mal, wenn du willst«, sagte Selma. Sie rührte noch einmal kräftig um, dann füllte sie den Inhalt des Topfes in drei große Flaschen mit Ploppverschluss und stellte sie in den Kühlschrank.

»Muss da wirklich so viel Zucker rein?«, fragte Maja, als sie aus dem Haus gingen. »Meine Mama sagt immer: Je weniger Zucker, desto besser.«

Selma schüttelte energisch den Kopf: »Ach, Quatsch, da sind so viele Zitronen drin. Die Limonade wäre ja sonst viel zu sauer! Hast du deine Gitarre schon eingepackt? Du spielst doch nachher noch ein bisschen für uns, oder?«

»Klar, ein Lied kann ich schon auswendig!«, sagte Maja stolz. »Mama und Papa bringen meine Gitarre später mit.«

Maja spielte erst seit Kurzem Gitarre, aber sie übte fast jeden Tag. Selma bewunderte sie dafür. Überhaupt schien ihre Freundin in vielen Dingen talentiert zu sein: Sie konnte schon so gut schreiben und lesen, wusste alles über Hunde, spielte Klavier und jetzt auch noch Gitarre.

Als Selma und Maja Kasimir vom Gartenzaun ableinten, kam Oma

Erika zu ihnen gelaufen und legte noch schnell einen Strauß aus frisch abgeschnittenen Blumen in den Bollerwagen.

»Kinder, seid bitte vorsichtig mit dem Bollerwagen. Auf dem Weg zur Wiese gibt es einige Schlaglöcher. Versucht sie zu umfahren, sonst gehen die guten Teller noch kaputt!«, warnte sie.

»Keine Sorge, Oma, es ist doch gar nicht weit.« Selma schnalzte mit der Zunge. »Komm, Kasimir.«

Sofort stemmte sich der große Berner Sennenhund in das Hundegeschirr, der Kies unter den Reifen begann zu knirschen, und der Wagen rollte langsam los.

»So ist es brav«, sagte Maja. Sie und Selma liefen neben Kasimir her. »Macht er das nicht prima, so ganz ohne Leine?«

Selma grinste und nickte.

Als der Bollerwagen über den Weg holperte, klapperte das Geschirr so sehr, dass die Mädchen richtig laut sprechen mussten, um den Lärm zu übertönen.

»Pass auf, da ist ein Loch!«, rief Selma.

»Was?«, fragte Maja.

»Langsamer – und nach rechts ausweichen!« Selma winkte hektisch mit den Armen.

Maja bemühte sich, das Loch auf dem Weg zu umfahren. Doch das war gar nicht so einfach, wenn man einen großen Hund mit einem noch größeren Wagen in die richtige Richtung lenken musste! Und es war nicht das einzige Loch, das auftauchte.

Nach mehreren Ausweichmanövern wurde es Kasimir zu bunt, und er blieb einfach stehen.

»Du kannst nachher Pause machen«, sagte Maja mit strenger Stimme und zog leicht an seinem Halsband.

Doch Kasimir rührte sich nicht vom Fleck.

Maja zog noch etwas stärker.

Keine Reaktion. Kasimirs mürrischer Blick sprach für sich: Bis hierher und nicht weiter.

»Ach, komm schon, Dicker!« Selma streichelte dem Hund über den weichen Kopf.

Aber es half nichts, Kasimir blieb stur.

»Und jetzt?«, fragte Maja und sah ihre Freundin ratlos an.

»Leckerlis würden bestimmt helfen. Hast du welche?«, fragte Selma.

Maja schüttelte den Kopf.

Selma überlegte laut. »Wir haben Obst im Bollerwagen. Kasimir mag doch Äpfel, oder? Damit locken wir ihn zur Wiese!«

Sie schnappte sich einen Apfel aus dem Wagen, streckte ihn Kasimir vor die Schnauze – und schon holperte der Bollerwagen wieder den Weg entlang.

Ab und zu belohnten die Mädchen Kasimir mit einem weiteren Apfel, dann ging es weiter. Als sie die Wiese fast erreicht hatten, war nur noch ein einziger Apfel übrig.

»Weiter so, Kasimir! Den letzten Apfel kriegst du, wenn wir bei der Wiese sind«, rief Maja und winkte mit dem Apfel in ihrer Hand.

Da stieß Kasimir seinen Kopf so wild gegen Maja, dass ihr der Apfel aus der Hand fiel und in den Graben am Wegesrand kullerte. Und noch bevor Maja etwas tun konnte, trabte Kasimir mitsamt Bollerwagen hinterher. Dabei kippte der Wagen bedrohlich zur Seite.

»Kasimir, nein!«, schrie Maja und schlug die Hände über dem Kopf zusammen, während Selma bereits zum Bollerwagen hastete.

»Der Wagen darf nicht umfallen!«, rief sie. »Hilf mir, schnell!«

Doch es war schon zu spät: Ein lautes Scheppern ertönte, und Maja schrie vor Schreck auf. Das klang wirklich gar nicht gut!

Stumm lief Selma um den Wagen herum und schluckte: Alle, aber auch wirklich *alle* Teller hatten Risse oder waren in mehrere Teile zerbrochen.

Selmas Magen fühlte sich an wie eine zusammengedrückte Ziehharmonika. Wie sollte sie das nur ihrer Oma erklären? Hatte sie nicht vorhin extra noch gesagt, sie solle vorsichtig sein?

»Kinder, ist euch was passiert?«

Selma drehte sich um. »Oma! Was machst *du* denn hier?«

»Ihr habt geschrien wie am Spieß, da bin ich euch schnell hinterhergerannt.« Nun wanderte Oma Erikas besorgter Blick von Selmas und Majas bleichen Gesichtern zum Bollerwagen.

»Oh Gott! Das Geschirr …«, rief sie und stürzte zum Bollerwagen.

Für einen Moment hielten die Mädchen die Luft an.

Oma Erika schob die Scherben mit ihrem Schuh auseinander, schüttelte den Kopf – und fing plötzlich laut an zu lachen.

Selma und Maja sahen sich verwundert an.

»Ach, ihr glaubt ja gar nicht, wie sehr ich dieses Geschirr gehasst habe! Ich fand es schon immer potthässlich! Aber es war ein Geschenk von Opa Olle, deshalb habe ich nie etwas gesagt …« Sie seufzte und wischte sich die letzte Lachträne aus dem Gesicht. »Kommt, lasst uns Kasimir abschirren.«

»Und deine Oma war wirklich kein bisschen böse?«, fragte Marre erstaunt und griff sich einen leeren Teller, als sie später am Büfetttisch standen.

»Überhaupt nicht«, antwortete Selma und rückte ihren Blumenkranz zurecht. »Sie hat so sehr gelacht, dass sie fast keine Luft mehr bekommen hat. Und dann haben wir zusammen Eis gegessen, als wir wieder zu Hause waren.«

»Meine Oma wäre bestimmt böse gewesen«, sagte Maja und schob sich ein großes Stück Erdbeerkuchen auf ihren Teller.

»Meine auch, garantiert!«, rief Marre. »Ihr habt echt Glück gehabt.«

Die drei liefen einmal um den Tisch. Abgesehen davon, dass statt Porzellan- nun Pappteller als Geschirr herhalten mussten, war das Mittsommerbüfett ein voller Erfolg: Es gab nicht nur Erdbeerkuchen, sondern auch Kartoffelsalat mit Radieschen und frisch gepulten Erbsen, eine herzhafte Torte aus saurer Sahne und Lachs, Krabbensalat, Rhabarber-Spargel-Spieße, buntes Knäckebrot, Fliederbeersaft, Himbeeren mit Schokoladenfüllung und mehrere Flaschen mit Selmas Zitronenlimonade, die in einem kleinen roten Schubkarren lagen.

Die Kinder füllten ihre Teller bis zum Rand mit Essen und setzten sich auf eine Picknickdecke. Ganz in der Nähe saßen Majas Eltern und

ihr kleiner Bruder Bo, Johan, Selmas Großeltern und ein paar Nachbarn zusammen. Die Erwachsenen stießen mit kleinen Schnapsgläsern auf den Abend an und lachten vergnügt.

»Ich liebe Mittsommer«, sagte Maja, strich ihr Kleid glatt und warf sich eine Himbeere in den Mund. Kasimir, der sich neben sie ins Gras legte, beobachtete sie neugierig.

Selma nickte. »Ich auch.«

»Guck mal, die Blume hier ist sehr hübsch. Wäre die nicht was für dein Herbarium?« Maja reichte Selma ein paar filzige grüne Stängel mit einer blau-violetten Blüte.

»Eine Kornblume, wie schön, danke.« Selma legte sie behutsam neben sich auf die Picknickdecke.

»Die Blumen aus euren Kränzen könnt ihr doch auch ins Herbarium kleben«, schlug Marre vor und nahm einen ersten Schluck von Selmas Limonade. In derselben Sekunde riss er die Augen auf und spuckte Selma die Limonade direkt ins Gesicht.

»Iiiiiieh!«, schrie Maja laut und sprang auf, obwohl sie nur ein paar Spritzer abbekommen hatte.

»He, spinnst du?« Selma sah entsetzt an sich herunter und wischte sich mit ihrem T-Shirt das Gesicht trocken.

»Deine Limonade schmeckt echt furchtbar! Probier sie doch selbst mal.« Beleidigt streckte Marre ihr die Flasche entgegen.

Und tatsächlich: Sie schmeckte furchtbar! Nicht zitronig-süß, sondern bitter und irgendwie nach Meer. Es dauerte eine Weile, bis Selma sich erklären konnte, was falsch gelaufen sein musste. »Maja, ich glaube, du hast mir Salz statt Zucker rausgesucht.«

Ihre Freundin wurde ganz rot im Gesicht, und Marre brach in lautes Gelächter aus.

Selma passte das überhaupt nicht. Sie setzte sich aufrecht hin und sagte: »Du brauchst gar nicht so zu lachen! Du hättest dich mal sehen sollen, als du die Limo getrunken hast. Das sah ganz schön bescheuert aus, als hättest du eine Schnecke verschluckt.«

»Und du hättest mal deinen Blick sehen sollen, als Marre dich vollgespuckt hat«, kicherte Maja. »Als hätte dir jemand gesagt, dass die restlichen Ferien ausfallen!«

»Und du hast geschrien wie ein Baby, Maja«, zog Marre sie auf. »Wenn ihr immer so drauf seid, kann das ja ein lustiger Sommer werden …«

»Und ob! Mach dich auf was gefasst«, grinste Selma. »Hand drauf?«

»Hand drauf!«, antwortete er, und die drei klatschten einander ab.

Dann liefen sie zur Mittsommerstange und tanzten so wild und verrückt um sie herum, wie sie nur konnten.

Anleitung für einen Blumenkranz aus Gänseblümchen

Sehen Selma und Maja nicht wunderschön aus mit ihren Blumenkränzen? Selma erklärt euch, wie ihr einen Blumenkranz aus Gänseblümchen selber machen könnt.

Ihr braucht:

- ungefähr 30 Gänseblümchen mit möglichst gleich langen Stielen
- etwas biegsamen, dünnen Draht

So geht's:

1. Nehmt zwei Blümchen und legt sie so vor euch auf die Tischplatte, dass sich die Blumenstängel direkt hinter den Blüten kreuzen. Die eine Blüte liegt waagerecht und guckt nach links, die andere liegt senkrecht darüber und schaut nach oben.

2. Dann wickelt ihr den Stängel eurer senkrecht liegenden Blume einmal um den Stängel der waagerecht liegenden Blume. Am Ende soll der Stängel der senkrecht lie-

genden Blume wieder nach unten zeigen. Jetzt biegt ihr ihn nach rechts, knapp unter der dazugehörenden Blüte, sodass alle Stängel in die gleiche Richtung gucken.

3 Nehmt nun die nächste Blume, legt sie neben die zwei Blüten und wiederholt Schritt 2. So arbeitet ihr euch von Blume zu Blume vor, bis eure Blumenkette lang genug ist, um sie euch um den Kopf zu legen.

4 Schneidet die Stängel ab, die aus der Blumenkette herausragen. Mithilfe des Drahtes könnt ihr nun die beiden Enden der Blumenkette zusammenbinden. Fertig ist euer Mittsommerkranz!

Die zugelaufene Katze

Gähnend riss Selma die Küchenschranktür auf. Wie jeden Morgen war sie als Erste wach. Spätestens wenn die Sonne durchs Fenster in ihr Gesicht schien, hielt sie es im Bett einfach nicht mehr aus und wartete ungeduldig darauf, dass ihre Großeltern auch aufstanden. Aus Erfahrung wusste sie, dass eine blubbernde und duftende Kaffeemaschine die Erwachsenen schneller aus den Betten lockte. Deshalb hatte Selma sich angewöhnt, morgens erst mal Kaffee zu kochen, obwohl sie selbst zum Frühstück immer Kakao trank. Sie zog gerade einen Kaffeefilter aus dem Schrank, als Opa Olle im Türrahmen auftauchte.

»Das gibt's ja nicht! Was bildet sich dieses Vieh eigentlich ein?«, rief er und schaute empört zum Küchenfenster hinüber.

Selma folgte seinem Blick: Dort draußen auf der Fensterbank saß eine grau getigerte, magere Katze und guckte sie mit großen Augen an.

»Da ist sie ja wieder! Ist sie nicht süß? Ich hab das Kätzchen schon die letzten Tage im Garten rumstreunen gesehen, aber sie ist noch nie so nahe gekommen.« Neugierig trat Selmas ans Fenster.

Die junge Katze leckte die Glasscheibe ab und miaute so herzzerreißend, dass Selma sie am liebsten sofort auf den Arm genommen hätte.

»Die hat in meinem Garten nichts zu suchen!«, schimpfte Opa Olle.

»Runter da vom Fensterbrett, sonst rappelt's in der Kiste!« Er jagte zum Fenster und fuchtelte unwirsch mit seinen Armen herum.

Hastig sprang die Katze vom Fensterbrett und flüchtete unter den Apfelbaum im Garten.

»Was machst du denn, Opa? Sie hat dir doch gar nichts getan. Und schau mal: Die Katze humpelt!«, rief Selma empört.

Dann hastete sie hinaus in den Garten, lief auf das kleine Kätzchen zu, kniete sich mit etwas Abstand ins taufrische Gras und streckte vorsichtig die Hand aus. »Keine Angst, kleine Katze. Ich tu dir nichts«, sagte sie leise.

Die Katze zögerte kurz, ehe sie langsam auf Selma zuhumpelte, ohne sie dabei aus den Augen zu lassen. Als sie Selmas Hand erreicht hatte, schnupperte sie daran und ließ sich von Selma bereitwillig streicheln.

Opa Olle öffnete das Küchenfenster. »Pass auf, dass sie dich nicht beißt!«, rief er.

»Opa Olle meint das nicht so«, flüsterte Selma der Katze zu. »Er kann manchmal kauzig sein. Aber eigentlich ist er ganz lieb.«

Was für eine schöne Katze sie doch war! Sie hatte kuschelweiches Fell und spitze Öhrchen. Nur die linke Vorderpfote sah gar nicht gut aus. Während Selma die Katze am Kopf kraulte, hörte sie ihren Opa am geöffneten Küchenfenster lautstark telefonieren.

»Ja, ich weiß, dass man wegen einer Katze nicht unbedingt bei der Polizei anruft. Aber sie scheint niemandem zu gehören, denn sie streunt schon seit Tagen durch die Gegend. Und hier auf unserer Insel gibt es kein Tierheim. Wann können Sie das Tier abholen?«

Selma horchte auf. Wieso wollte ihr Opa die arme kleine Katze unbedingt loswerden? Sie presste ihre Lippen fest zusammen, nahm die Katze behutsam auf ihren Arm und stapfte auf ihren Opa zu.

»Die Katze bleibt bei uns, Opa! Sie ist verletzt und braucht unsere Hilfe.« Selmas Stimme zitterte, so sauer war sie. »Warum rufst du nicht Simmi an? Die ist schließlich Tierärztin und weiß, was zu tun ist.«

Simmi war Majas Mama. Eigentlich hieß sie Signhild. Aber der Name klang so streng, und Majas Mama war alles andere als das. Deswegen nannte Selma sie schon seit Ewigkeiten Simmi, das passte viel besser zu ihr.

Allein der Gedanke daran, die Katze der Polizei zu übergeben, weckte die Tierschützerin in Selma. Wer wusste schon so genau, was die Polizei mit dem Kätzchen anstellen würde, wenn der Besitzer nicht auftauchte?

»Es hilft nichts, sie muss einen Schutzkragen um den Kopf tragen. Sonst wird sie die ganze Zeit an den Verband gehen«, sagte Majas Mama, die sofort vorbeigekommen war, nachdem Opa Olle sie angerufen hatte. Jetzt legte sie einen riesigen Trichter um den Hals der Katze. »Die Wunde ist schon ein paar Tage alt. Wer weiß, ob sie sich nicht eine Blutvergiftung geholt hätte, wenn ihr mich nicht informiert hättet. Am besten bleibt die

Katze erst mal bei euch im Haus, bis die Wunde verheilt und der Besitzer gefunden ist. Gebt ihr die nächsten drei Tage dieses Antibiotikum. Ich hoffe, dann geht es ihr schnell wieder besser.«

»Zum Kuckuck, Signhild, das kann doch nicht dein Ernst sein. Wir sind doch keine Päppelstation!«, rief Opa Olle.

»Jetzt stell dich nicht so an, Olle. Du tust ja geradeso, als hätte das arme kleine Ding die Pest«, wies Oma Erika ihn zurecht.

»Die Katze braucht uns. Sie ist ganz dünn und ausgehungert«, sagte Selma empört, die nach wie vor nicht verstand, was ihr Opa gegen die Katze hatte.

»Das stimmt«, sagte Majas Mama. »Vielleicht meldet sich der Besitzer ja bald bei euch. Bis dahin tut ihr dem kleinen Geschöpf einen Riesengefallen, wenn ihr euch um es kümmert. Unser Katzenfutter war leider alle, aber ich habe euch Hundefutter von Kasimir mitgebracht. Das könnt ihr der Katze ja fürs Erste anbieten. Selma, du hilfst deinen Großeltern bestimmt bei der Pflege, oder?«

»Klar.« Selma nickte eifrig.

»Vielen Dank, dass du sofort gekommen bist, Signhild«, sagte Oma Erika und bot Majas Mama eine Tasse Kaffee an.

»Danke, aber wir kriegen gleich Besuch«, erwiderte sie und wandte sich an Opa Olle: »Ich weiß nicht, ob es dir bewusst ist. Aber da es hier auf der Insel kein Tierheim gibt, muss die Polizei verwahrloste Tiere einschläfern, wenn sich der Besitzer nicht rechtzeitig bei ihnen meldet.«

Opa Olle schluckte und sah Majas Mama überrascht an. »Das hab ich tatsächlich nicht gewusst«, gestand er. »Natürlich darf das kleine Viech dann fürs Erste bei uns bleiben. Bloß, weißt du, Signhild, ich ... Nun ja, ich kann mit Katzen einfach nichts anfangen. Und die auch nichts mit mir ...«

»So ein Humbug, Olle! Sag deiner Enkelin ruhig, dass du abergläubisch bist«, forderte Oma Erika ihren Mann auf, der sich verlegen am Bart zupfte. »*Katze an Bord, Glück hinfort*. Das sagst du doch immer. Ich habe keinen Schimmer, wo du diese eigenwillige Seemannsweisheit herhast, aber ich finde sie wirklich unsinnig.«

»Ich kümmere mich um die Katze, Opa«, sagte Selma eifrig. »Du brauchst gar nichts zu tun. Haben wir irgendwo ein Körbchen oder so was?«

»Sehr gute Idee. Komm, wir gucken mal, was wir im Schuppen finden«, sagte Oma Erika. »Und du, Olle, kannst die Katze ja in der Zwischenzeit füttern. Sie tut dir bestimmt nichts.«

Opa Olle sah die Katze argwöhnisch an. Sie versuchte, sich den Trichter vom Kopf zu ziehen, und blickte hilflos zu ihm hinauf. »Tja, das hast du dir selber eingebrockt. Und nur dass du es weißt: Du brauchst dir auf diese ganze Sache hier gar nichts einzubilden. Bald bist du wieder bei deinem Herrchen.«

Opa Olle wollte sofort Aushänge auf der Insel verteilen, um die Suche nach dem Besitzer der Katze zu beschleunigen, und Selma erklärte sich bereit, ihm zu helfen.

Tatsächlich klingelte noch am selben Abend mehrmals das Telefon. Selbstverständlich war Opa Olle stets als Erster am Hörer, doch Selma konnte jedes Mal bereits an seinem enttäuschten Gesichtsausdruck ablesen, dass es nicht die Besitzer waren, die anriefen. Stattdessen erkundigten sich eine Reihe von mitfühlenden und neugierigen Dorfbewohnern, ob die Katze bereits abgeholt worden sei.

»Der kriegt sich schon noch ein, du wirst sehen«, flüsterte Oma Erika Selma zu. Sie saß im Schaukelstuhl und strickte.

»Eigentlich hoffe ich, dass sich der Besitzer gar nicht meldet und wir die Katze behalten dürfen«, gestand Selma und streichelte den grauen Stubentiger auf ihrem Schoß.

»Soll ich dir mal was verraten? Das wünsche ich mir insgeheim auch.« Oma Erika kicherte. »Ich wollte schon immer eine Katze haben.«

Anleitung für selbst gemachte Waldtiermasken

Katzen sind sehr niedlich! Aber es gibt auch so viele tolle andere Tiere auf der Welt! Wisst ihr, welche Tiere im Wald wohnen? Und wenn ihr ein Waldtier sein dürftet, welches wärt ihr am liebsten? Mit dieser Anleitung könnt ihr euch bunte Tiermasken basteln.

Ihr braucht:

- einen dünnen Stock (ungefähr so lang wie euer Unterarm)
- braunen Karton (DIN-A4-Bogen)
- Acrylfarben (zum Beispiel Schwarz, Weiß, Orange, Rot und Grün)
- alte Joghurtbecher für die Acrylfarben
- einen Pinsel
- ein Glas mit Wasser
- kleine Blätter oder Blüten für die Tierohren
- Klebeband
- einen Bleistift
- eine Schere

So geht's:

1. Nehmt den Kartonbogen und macht mithilfe des Bleistiftes eine Skizze eurer Tiermaske: Soll es ein Bär, ein Fuchs, ein Hirsch, eine Eule oder ein ganz anderes Waldtier werden?

2. Jetzt überlegt ihr euch, welche Bereiche der Maske ihr farbig anmalen wollt. Ihr könnt beispielsweise die Augen, das Maul oder die Schnauze mit schwarzer Farbe umrahmen und sie mit den anderen Farben ausmalen.

Tipp: Wenn ihr die Augen mit der Schere ausschneidet, könnt ihr später durch die Maske durchschauen und sie zum Spielen vor euer Gesicht halten.

3. Nachdem ihr die Gesichter farbig angemalt habt und sie getrocknet sind, könnt ihr sie mit der Schere vorsichtig ausschneiden. Wenn euer Tier Ohren kriegen soll, schneidet ihm auch noch zwei Ohren aus und klebt sie an die Maske. Genauso schön ist es, ein paar gesammelte Blätter oder Blüten als Tierohren zu verwenden. Und wie wären zwei kleine, dünne Zweige als Hirschgeweih?

4. Legt nun die Tiermaske mit der bemalten Seite nach unten auf den Tisch und das obere Ende des Stockes ungefähr mittig darauf. Klebt den Stock mithilfe von ein bis zwei breiten Klebestreifen an der Maske fest.

Der Sturm

Auch am kommenden Tag hatte sich Opa Olles schlechte Laune noch nicht gebessert, und er verstand nicht, warum Selma dem Kätzchen einen Namen geben wollte.

»Vielleicht könnte sie Nisse heißen«, überlegte Selma, »oder Puschel?«

»Sie wird doch sowieso bald von ihrem Besitzer abgeholt«, sagte ihr Opa und zog sich seine Gartenschuhe an. »Du darfst sie nicht zu sehr ins Herz schließen.«

Dann stapfte er in den Tischlerschuppen und kam erst zum Mittagessen wieder ins Haus.

Oma Erika stellte gerade eine große Schüssel Kartoffelsalat auf den Tisch, als Opa Olle mit suchendem Blick die Küche betrat. »Wo ist die Katze?«, fragte er argwöhnisch und entdeckte sie im selben Moment auf der Küchenbank. Demonstrativ schüttelte er den Kopf. »Eine Katze auf der Küchenbank! Wo soll das nur alles hinführen?«

»Sei nicht albern, Olle«, antwortete Oma Erika und setzte sich an den Esstisch.

Selma hatte andere Sorgen. Vielleicht lag es an den Medikamenten oder daran, dass die kleine Katze einen Trichter um den Hals trug. Zumindest schien sie alles andere als glücklich zu sein, und sie fraß viel zu wenig.

»Sie darf auf keinen Fall noch dünner werden!«, platzte es aus ihr heraus.

Opa Olle sah sie fragend an. »Oma ist doch gar nicht so dünn. Ich finde, sie hat ein kleines Bäuchlein.«

»Die Katze, Opa!«, sagte Selma.

»Vielleicht mag sie das Hundefutter nicht«, überlegte Oma Erika, die über Opa Olles Kommentar zu ihrer Figur großzügig hinwegsah. »Wer kann ihr das auch verdenken. Olle, du solltest mit Selma zum Dorfladen gehen und der Katze anständiges Futter kaufen. Beeilt euch am besten und brecht direkt nach dem Essen auf. Ich wette, es regnet bald ziemlich heftig«, warnte sie. »Das wurde vorhin im Radio gesagt.«

Die Verkaufsfläche des Dorfladens war nicht größer als Selmas Kinderzimmer, aber trotzdem fand man hier alles, was man brauchte. Zwischen Käse, Milch und Zimtschnecken türmten sich Ameisenfallen und Angelköder neben Wischmopps in Pink, Grün und Lila.

Die Kassiererin hob die rechte Augenbraue, als Opa Olle nach einer Packung Knäckebrot auch noch fünf Dosen Katzenfutter in den Geschmacksrichtungen Thunfisch, Wild, Rind, Lachs und Hühnersülze auf die Theke legte.

Opa Olle räusperte sich: »Du weißt ja, wir haben diese zugelaufene Katze …«

»Dann scheint sie jetzt wohl doch für längere Zeit bei euch zu bleiben«, antwortete die Kassiererin und hämmerte auf die Tasten ihrer Kasse.

Opa Olle wollte gerade etwas darauf erwidern, als Marre den Laden betrat.

»Hej, Selma, hallo, Olle! Ich kaufe mir ein paar Süßigkeiten, und dann will ich zum Leuchtturm. Kommst du mit, Selma?«

»Klar, warum nicht! Ich muss nur zuerst die Katze füttern. Uns ist gestern eine zugelaufen, weißt du? Aber danach hab ich Zeit«, sagte Selma und packte das Futter in ihren Rucksack. »Komm doch mit, dann lernst du die Katze gleich kennen. Von uns aus ist es nicht weit zum Leuchtturm. Und Maja wohnt auch ganz in der Nähe. Wir wollten heute sowieso zusammen spielen.«

»Moooment!«, mischte sich Opa Olle ein und drückte der Kassiererin das Geld in die Hand. »Habt ihr die Wolken da draußen nicht gesehen? Nachher gibt es noch ein heftiges Unwetter!«

Die beiden Kinder folgten seinem Blick durch die Eingangstür, und als Selma in der Ferne über dem Meer die dicken, tief stehenden Wolken sah, musste sie zugeben, dass ihr Großvater und der Wetterbericht im Radio wahrscheinlich recht hatten.

»Schade«, seufzte sie und zuckte mit den Schultern. »Aber dann können wir ja mit dem Kätzchen spielen.«

Opa Olle räusperte sich. »Also, wenn das so ist … Ähm, ich dachte, ihr seid abenteuerlustiger …«, sagte er in betont beiläufigem Ton. »So ein Sturm ist doch etwas wahnsinnig Aufregendes. Und nirgendwo auf der Insel kann man solch ein Naturphänomen besser beobachten als im Leuchtturm! Wollt ihr euch diese Chance wirklich entgehen lassen?«

Marre schüttelte verwirrt den Kopf: »Ich dachte, wir sollen bei dem Wetter *nicht* zum Leuchtturm gehen?«

Selmas Opa lächelte in seinen Schnurrbart und schob die beiden Freunde aus dem Laden. »Mit Verlaub, mein Junge, aber das hab ich nicht gesagt. Wenn ihr zum Leuchtturm möchtet, wäre es nur am besten, dort auch die Nacht zu verbringen. Denn das, was sich da oben zusammenbraut«, er nickte gen Himmel, »wird nicht so schnell abklingen.« Er wandte sich seiner Enkelin zu: »Selma, du kennst doch Annegret, die

Leuchtturmwärterin. Sie lässt regelmäßig Touristen im Leuchtturm übernachten. Ruf sie doch an und frag, ob sie heute Platz für euch hat. Maja will sicher auch mitkommen, stimmt's? Und du, Marre, fragst deinen Papa, ob er einverstanden ist. Dann könnt ihr den Sturm von dort aus beobachten. Die Sicht ist wirklich phänomenal. Ich fahre euch nachher fix mit dem Auto hoch, damit der Sturm nicht ohne euch anfängt.«

»Wie toll!«, freute sich Marre. »Ich wollte schon immer mal in einem Leuchtturm übernachten.«

Selma strahlte. »Opa, du bist genial!«

Zum Glück erwartete die Leuchtturmwärterin Annegret an diesem Tag keine Gäste und freute sich, dass die Kinder zu ihr kommen wollten. Nachdem Maja eingetroffen war, Johan Marre noch einen Rucksack mit Schlafsachen vorbeigebracht hatte und Selma sich von dem Kätzchen verabschiedet hatte, konnte es endlich losgehen.

»Schade, dass du nicht Kasimir mitnehmen kannst«, sagte Selma zu ihrer Freundin.

»Ja, finde ich auch, aber die engen Treppen im Leuchtturm sind ihm nicht geheuer. Er traut sich nicht, die Stufen hochzusteigen, und wenn er Angst hat, bringt das ja nichts«, antwortete Maja weise.

Als sie ihr Gepäck in Opa Olles Auto verstauten, war das Wetter bereits deutlich schlechter geworden: Ein kalter Wind fuhr durch ihre Kleider, dicke graue Wolken verdunkelten den Himmel, und ein intensiver Geruch nach Regen lag in der Luft. Es schien, als würde das Unwetter jeden Moment über sie hereinbrechen.

Der Weg zum Leuchtturm war eigentlich gar nicht weit. Von Selmas Großeltern aus musste man nur ein Stück nach Norden fahren. Selma beobachtete aus dem Autofenster, wie sich die großen alten Bäume am Straßenrand unter dem Druck des anschwellenden Windes hin und her bogen, als wären sie aus Gummi. Dunkle Wolken türmten sich am Himmel, und erste Regentropfen prasselten gegen die Autofenster.

»Gerade noch rechtzeitig, bevor das Spektakel beginnt«, sagte Opa Olle zufrieden und parkte seinen Wagen vor einem langen, schmalen Kiesweg, der zum Leuchtturm führte. »Ich wünsche euch viel Spaß!«

Annegret umarmte erst Maja und dann Selma. »Ach, Selma, dich hab ich ja auch schon lange nicht mehr gesehen! Wie geht's dir? Schön, dass ihr mich besucht«, begrüßte Annegret ihre Gäste. »Bei so einem Wetter schaut normalerweise nie jemand vorbei. Dabei ist es dann am gemütlichsten im Leuchtturm.« Ihre grünen Augen strahlten. Sie trug eine ausgebeulte Jogginghose, einen langen Wollmantel und eine Art Turban, der ihre roten, krausen Haare fast komplett verbarg.

»Das ist Marre«, stellte Selma ihren neuen Freund vor. »Er macht diesen Sommer hier auf der Insel Ferien. Sein Papa ist Hummelforscher.«

»Hummelforscher?«, fragte Annegret neugierig. »Darüber müsst ihr mir mehr erzählen! Aber kommt erst mal rein.«

Die Kinder folgten Annegret ins Innere des Leuchtturms, hängten ihre Regenmäntel vor den Kamin und stiegen eine enge Wendeltreppe hoch. Annegret wohnte auf drei Stockwerken. Küche und Bad lagen auf der ersten Etage, Schlaf- und Arbeitszimmer auf der zweiten, und der dritte Stock war Annegrets Besucherraum, in dem Touristen mit Schlafsack und Isomatte übernachten konnten. Von dort aus führte die Wendeltreppe noch weiter bis zum Leuchtfeuer hinauf. Das war eine riesige Lampe, deren Lichtkegel den Schiffen auf dem Meer half, sich in der Dunkelheit zu orientieren. Inzwischen wurde der Leuchtturm allerdings hauptsächlich als Museum genutzt, und Annegret konnte viel über ihn erzählen.

Marre, der ja noch nie zuvor hier gewesen war, hing an ihren Lippen und löcherte sie mit zigtausend Fragen. »Und du wohnst wirklich ganz alleine im Leuchtturm?«, fragte er und sah sie mit großen Augen an.

»Wie ein richtiger Tourist«, flüsterte Maja Selma zu und kicherte. Für die beiden Mädchen war der Leuchtturm nichts Besonderes mehr, und sie kannten jede Ecke und jeden Winkel. Sie wussten, dass es auf jeder Etage kleine geheime Nischen gab und man sich keinen besseren Ort für Versteckspiele wünschen konnte!

Geduldig hörten die Mädchen zu, wie Annegret Marre all seine Fragen beantwortete. Inzwischen war der Wind zu einem heulenden Sturm angestiegen. Regen trommelte gegen die kleinen Fenster des Leuchtturms und verbarg die Sicht aufs Meer. Es war ziemlich gruselig und gleichzeitig richtig spannend.

»Habt ihr das gesehen?«, rief Marre aufgeregt. »Dahinten am Horizont hat es geblitzt!«

»Wo?«, fragte Selma und drückte ihre Nase noch dichter an die Fensterscheibe.

Annegret rieb sich eifrig die Hände: »Wenn ihr wollt, könnt ihr euch gerne noch ein bisschen das nahende Gewitter von hier oben angucken, und ich bereite schon mal das Abendessen vor. Mögt ihr Spaghetti Bolognese?«

Im Kamin brannte ein kleines Feuer, als die Kinder in die Küche kamen. Annegrets Nudeln waren so lecker, dass Selma, Maja und Marre jeweils drei große Teller aßen. Die Leuchtturmwärterin staunte nicht schlecht, als der dampfende Topf bis auf die letzte Nudel leer gegessen war. Sie interessierte sich sehr für Johans Forschungsarbeit und war nun diejenige, die Marre mit Fragen löcherte. Er erzählte ihr ausführlich, wie Johan täglich verschiedene Ecken der Insel abgraste, um die Deichhummel ausfindig zu machen.

»Falls Papa ein paar Deichhummeln finden sollte, notiert er sich alle Blumenarten, die von ihnen angeflogen werden. So weiß er, von welchen Blumen sie sich ernähren, und kann später dafür sorgen, diese Pflanzen für sie zu schützen oder sogar noch mehr davon anzupflanzen.«

»Faszinierend«, sagte Annegret. »Aber bisher hat er noch keine Deichhummel gefunden?«

Marre schüttelte den Kopf.

»Wird dein Papa am Ende des Sommers den Leuten auf der Insel von seinen Forschungsergebnissen erzählen?«, fragte Annegret.

»Das hat er auf jeden Fall vor! Aber daraus wird wohl erst im Herbst etwas«, antwortete Marre. »Papa braucht nämlich Wochen, um all seine gesammelten Proben und Notizen zu sichten und zu untersuchen.«

Annegret nickte zufrieden, als plötzlich in der Ferne ein Grollen ertönte. »Das klingt ganz so, als ob das Gewitter die Insel erreicht hat«, sagte sie.

»Ist in diesem Leuchtturm eigentlich schon mal etwas Schauriges passiert? Oder überhaupt hier auf der Insel?«, fragte Marre, als der Wind gerade wieder besonders unheimlich heulte.

Annegret räumte das Geschirr in die Spüle. »Hmm, lasst mich mal überlegen … Kennt ihr schon die Geschichte vom alten Fischer?«

Die Freunde schüttelten den Kopf.

Annegrets Augen blitzten auf. »Okay, dann machen wir jetzt Folgendes: Ich koche uns erst mal einen heißen Kakao, und ihr richtet euch in der Zwischenzeit schon mal euer Schlaflager ein. Wenn ihr wollt, könnt ihr jede Menge Kissen und Wolldecken von mir kriegen.«

»Jaaaa!«, riefen die Kinder im Chor.

Als Annegret kurze Zeit später mit vier dampfenden Tassen Kakao bei ihnen im dritten Stock ankam, konnte Selma ihre Neugier nicht mehr verbergen.

»Kannst du jetzt die Geschichte erzählen?«, platzte es aus ihr heraus.

Annegret schmunzelte, dann beugte sie sich langsam vor und senkte ihre Stimme: »Also gut. Vor langer Zeit gab es auf der Insel einen alten einsamen Fischer. Er lebte allein in einer abgelegenen Hütte. Ein ziemlich komischer Kauz. Hat nie mit den Leuten gesprochen. Jeden Tag fuhr er zum Fischen aufs Meer, aber eines Tages ist er nicht mehr zurückgekehrt. Niemand hat ihn oder sein Boot jemals gefunden. Und weil sein Haus seitdem leer stand, überlegte nach einigen Jahren jemand, die Hütte wieder zu benutzen. Doch stellt euch vor: Jeder, der das versucht hat, wurde fortan von Pech verfolgt. Es heißt, das Haus wird vom Geist des Fischers heimgesucht.«

Annegret verstummte, lehnte sich wieder zurück und sah Selma, Maja und Marre prüfend an. »Hoffentlich habe ich euch jetzt keine Angst eingejagt.«

»Ich weiß, welche Hütte du meinst. Mama hat mir verboten, dort zu spielen«, flüsterte Maja und rückte noch ein bisschen näher an Selma heran.

Selma lief es plötzlich eiskalt den Rücken herunter. »Opa hat mir noch nie von der Spukhütte erzählt. Und in Wirklichkeit gibt es doch auch gar keine Geister.«

»Natürlich gibt es die, das weiß doch jedes Kind!«, widersprach Maja mit ernstem Gesichtsausdruck. »Da, wo mein Papa herkommt, darf man nirgends bauen, wo Elfen, Trolle oder Geister leben. Man könnte sie verärgern.«

»Stimmt ja, dein Papa kommt aus Island«, sagte Annegret. »Dann kennt er sich natürlich mit solchen Geschichten gut aus.«

Da donnerte es von Neuem. Das Gewitter war jetzt ganz nah an den Leuchtturm herangekrochen.

Marre sah Annegret unsicher an. »Die Geschichte vom Fischer ist doch nur ein Märchen, oder?«

Annegret nickte. »Bestimmt! Aber viele auf der Insel glauben an den Geist«, erwiderte sie und stand auf. »So, jetzt denken wir nicht mehr an solchen Spuk. Wir könnten eine Runde Karten spielen.«

Die Freunde nickten eifrig.

»Ich hoffe übrigens, ihr habt keine Angst, wenn der Turm nachher etwas wackelt. Je nachdem, wie stark der Sturm noch wird, kann das nämlich schon mal vorkommen«, erklärte Annegret.

Marre wurde blass. »Was meinst du damit? Sind wir hier nicht sicher?«, fragte er.

»Doch, natürlich! Dieser Leuchtturm hat schon die Stürme mehrerer Jahrzehnte überdauert. Und durch die dicken Mauern kommt auch garantiert kein Geist.« Annegret zwinkerte Marre zu.

Nachdem sie ein paar Runden Karten gespielt hatten, sagte Annegret den Kindern Gute Nacht. »Ich bin nur eine Etage unter euch, falls etwas ist. Schlaft schön!« Sie knipste das Licht aus.

Die alten Holzstufen knarrten, als Annegret die Treppe wieder herabstieg. Dann war sie verschwunden.

Für kurze Zeit blieb es still im dunklen Raum.

»Glaubt ihr diese Geschichte von dem alten Fischer eigentlich wirklich?«, fragte Marre auf einmal.

»Ja«, antwortete Maja sofort.

»Hmm, vielleicht«, sagte Selma und kroch noch etwas tiefer in ihren Schlafsack. »Aber warum hat Opa mir bisher nie etwas davon erzählt und deine Eltern dir auch nicht, Maja?«

»Weil das Haus wirklich verflucht ist und sie uns davor beschützen wollten«, sagte Maja.

Draußen donnerte es von Neuem.

»Na toll. Wie soll man denn jetzt noch schlafen?«, fragte Marre. »Es ist schon ein bisschen unheimlich hier, oder? Ehrlich gesagt hab ich mir das mit dem Übernachten im Leuchtturm etwas anders vorgestellt.«

»Hier im Leuchtturm kann uns doch nichts passieren«, antwortete Selma. »Denkt an was Lustiges oder was Schönes. Das hilft beim Einschlafen.«

»Du meinst zum Beispiel dein Gesicht, als ich dich mit Limonade bespuckt habe?«, fragte Marre.

Maja kicherte. »Oder wie wir um die Mittsommerstange getanzt sind und Schokohimbeeren gegessen haben. Das war toll.«

»Stimmt«, sagten Selma und Marre gleichzeitig.

Sie lagen ganz nah beieinander und lauschten dem Sturm.

»Marre«, flüsterte Maja nach einer Weile. »Weißt du eigentlich schon, dass ich bald Geburtstag habe?«

Marre drehte seinen Kopf zu ihr. »Echt?«

»Ich würde mich freuen, wenn du zu meiner Feier kommst«, sagte Maja. »Wir machen ganz viele Spiele.«

»Oh ja, ich komme!«, antwortete Marre.

Selma konnte am Klang seiner Stimme hören, dass er sich wirklich sehr freute. »Wir sollten öfter was zu dritt machen«, sagte sie und blickte ihre beiden Freunde an.

Selma dachte an Majas Geburtstag. Sie hatte schon eine Idee, was sie ihr schenken wollte: etwas Selbstgemachtes, das sie immer bei sich tragen konnte. Selma lächelte. Auf einmal war es gar nicht mehr so unheimlich im Leuchtturm, und noch bevor sich das Grollen draußen entfernt hatte, waren sie alle drei eingeschlafen.

Wolken deuten

Wusstet ihr, dass euch die Form und Farbe der Wolken etwas über das kommende Wetter verraten? Schaut euch ein paar der bekanntesten Wolkenarten an, und vergleicht sie mit den Wolken, die über euch am Himmel entlangziehen.

Federwolken (Zirruswolken)

Sie sind weiß, ganz dünn und zart und hoch oben am Himmel zu sehen. Die Sonne kann durch sie hindurchscheinen, und ihre Form erinnert ein bisschen an Federn oder Wollfäden. Ihr könnt sie meist bei gutem Wetter entdecken, aber Vorsicht: Sind es richtig viele Federwolken, könnte es bald anfangen zu regnen!

Kleine Schäfchenwolken (Zirrokumulus-Wolken)

Schäfchenwolken sind bauschig und weiß. Auch sie stehen hoch oben im Himmel und sind recht dünn. Sie können sich zu allen möglichen Mustern formieren und tauchen nur bei schönem Wetter auf.

Schleierwolken (Zirrostratus-Wolken)

Der Name verrät schon, dass sich diese hoch schwebenden Wolken wie ein dünner Schleier über den Himmel legen und ihn komplett bedecken. Die Sonne kann zwar hindurchscheinen, ist aber nur zu erahnen, ähnlich wie durch ein Milchglas. Diese Wolken sagen uns, dass es spätestens in vierundzwanzig Stunden regnen wird. Nieselregen ist bei Schleierwolken besonders häufig.

Hohe Flockenwolken (Altostratus-Wolken)

Das sind hellgraue bis dunkelgraue Wolken, die sich über den ganzen Himmel ausbreiten. Sie scheinen gar nicht weit von der Erde entfernt zu sein und können so dicht werden, dass die Sonne dahinter vollständig verborgen bleibt. Flockenwolken kündigen unbeständiges Wetter in Form von heftigem Regen oder Schnee an.

Tiefer Nebel- oder Wolkenschleier (Stratus-Wolken)

Stellt euch eine dicke, dunkelgraue und schleierartige Wolkendecke vor, die tief am Himmel hängt. Sie bringt Nebel, Sprühregen oder Schnee mit sich.

Regenwolken (Nimbostratus-Wolken)

Diese tief hängende, dunkelgraue und dicke Regenwolkendecke sorgt für noch schlechteres Wetter in Form von langen Regen- oder Schneefällen und lässt keine Sonne durch.

Das geplatzte Picknick

Neuerdings schlief Selma nicht mehr alleine in ihrem Bett – und das, ohne vorher gefragt worden zu sein! Von heute auf morgen hatte die Katze beschlossen, ihr Körbchen gegen Selmas Kissen zu tauschen. Seit sie den Trichter um ihren Hals los war, schlich sie jede Nacht zu Selma ins Zimmer, hopste leichtfüßig auf die dünne Decke und legte sich vorsichtig um ihren Kopf herum. Erst wenn Selma morgens aufwachte, entdeckte sie das weiche Wollknäuel. Sie fand es richtig gemütlich!

Auch der heutige Morgen stellte keine Ausnahme dar: Selma blinzelte schläfrig zur Holzmöwe hinauf, die vom Dachbalken herunterbaumelte. Dann drehte sie leicht ihren Kopf, bis sie der Katze in die Augen sehen konnte.

»Guten Morgen, liebes Kätzchen«, sagte sie und gähnte. »Ich hoffe, du hast gut geschlafen.«

Selmas Blick wanderte zum Dachfenster, und ihr Gesicht verfinsterte sich: Dicke Regentropfen trommelten gegen das Glas und glitten in Rinnsalen daran herunter. Seit dem Ausflug zum Leuchtturm war das Wetter ununterbrochen schlecht.

»So ein Mist!«, fluchte Selma und setzte sich so abrupt auf, dass die Katze empört miauend vom Bett hüpfte.

Nun sprang auch Selma aus dem Bett, schnappte sich ein Paar Wollsocken und polterte quer durchs Zimmer und anschließend die Treppe hinunter.

»Das ist jetzt schon der dritte Tag nacheinander. Der blöde Regen geht mir echt auf den Keks!«, sagte Selma, als sie zu ihrer Oma in die Küche kam. »Wie oft müssen wir das Picknick denn noch verschieben?« Sie ließ sich auf die Küchenbank plumpsen und sah ihre Oma vorwurfsvoll an.

»Ob du's glaubst oder nicht, ich kann auch nichts fürs Wetter da draußen«, sagte Oma Erika. »Wir dürfen uns doch davon nicht die Laune verderben lassen.«

»Tut mir leid«, murmelte Selma. »Aber Maja, Marre und ich wollten doch zusammen picknicken.«

»Ich verstehe, dass du enttäuscht bist. Aber bei uns auf der Insel kann man einfach keiner Wettervorhersage trauen. Dafür ist es hier draußen zu unbeständig.« Oma Erika warf Selma einen nachdenklichen Blick zu.

»Mmhh«, murmelte Selma und knibbelte an dem Bund ihrer Schlafhose herum.

Oma Erika setzte sich zu ihr auf die Bank. »Weißt du was?«, fragte sie. »Wir machen das Picknick drinnen.«

»Wie meinst du das?«, fragte Selma mürrisch.

»Ein Picknick im Wohnzimmer! Wir breiten ein paar Decken aus, ich koche euch Kakao und heize den Kamin ein. Und ein paar Spiele haben wir auch … das wird toll!«

Eigentlich wollte Selma gar nicht lächeln, aber sie konnte es sich nicht verkneifen. Die Idee gefiel ihr zu gut!

Selmas Großmutter nickte, so als hätte sie nichts anderes erwartet. »Na also«, sagte sie und stand vom Küchentisch auf. Dann bedeutete sie Selma mit einer Handbewegung, die Küche zu verlassen. »Ruf gleich mal deine

Freunde an und lade sie zum Picknick ein. Und ich bereite in der Zwischenzeit das Frühstück vor.«

Oma Erika sollte recht behalten: Das Wohnzimmer-Picknick war wirklich toll – und so gemütlich! Die drei Freunde saßen mitten im Wohnzimmer, spielten Karten- und Würfelspiele zwischen Kissen, tranken Limonade und schmusten mit der Katze, die neugierig überall herumtapste. Mittlerweile ging es ihr wieder richtig gut, und sie hatte sich in einen kleinen Wildfang verwandelt, der unerschrocken jede Ecke des Hauses erforschte und für sich eroberte.

»Sag mal, Marre, ist dein Papa bei diesem Wetter eigentlich auch die ganze Zeit draußen und sucht nach der Deichhummel?«, fragte Selma neugierig.

»Na klar! Er ist heute sogar besonders früh aufgestanden, weil er im Wald mehrere Nester vermutet. Hummeln macht Kälte und Nässe gar nichts aus. Viele Hummelarten gehen bei jedem Wetter auf Nektarsuche.«

»Sie tun mir trotzdem leid«, erwiderte Selma. »Durch den Regen werden sie bestimmt total zerzauselt.«

»Zerzauselt?« Marre lachte.

»Ich hab übrigens meine Gitarre dabei«, mischte sich Maja ein. »Soll ich euch was vorspielen? Ein Lied kann ich schon auswendig.«

Majas schmale Finger glitten flink über die Saiten der Gitarre. Selma fand das Lied, das Maja spielte, wirklich schön. Auch wenn sie den Eindruck hatte, dass manche Töne irgendwie schief und schräg klangen.

»Darf ich auch mal?«, fragte Marre. »Manchmal erlaubt Papa mir, auf seiner Gitarre zu spielen.«

Maja zögerte einen Moment, dann gab sie ihre Gitarre aus der Hand.

»Passt auf.« Marre legte seine Hand bedächtig über die Saiten. »Dieses Lied konnte ich nach einem Tag schon perfekt spielen. Es ist wirklich nicht schwer …«

Maja verdrehte die Augen. »Der gibt doch nur an …«, flüsterte sie Selma zu.

»Was flüstert ihr da?«, fragte Marre.

»Ach, nichts«, antwortete Selma und unterdrückte ein Kichern. »Geht's jetzt los?«

Marre nickte und spielte eine kurze, aber sehr fröhliche Melodie. Sie gefiel Selma so gut, dass sie aufsprang und dazu durch das Wohnzimmer tanzte.

»Bravo!«, rief Oma Erika entzückt, die gerade zur Tür hereinkam und klatschte in die Hände.

»Ja, gar nicht schlecht«, sagte Maja verärgert, »aber jetzt will ich meine Gitarre wiederhaben.« Sie streckte die Hand aus.

Stumm reichte Marre ihr das Musikinstrument und sah dabei ganz unglücklich aus. »Du spielst doch genauso gut wie ich«, sagte er.

Aber Maja packte ihre Gitarre wortlos wieder ein.

»Sollen wir weiter Karten spielen?«, fragte Selma schnell.

Doch weder Maja noch Marre antworteten.

Zum Glück hatte Oma Erika einen rettenden Vorschlag: »Habt ihr Lust, Jutetaschen zu bedrucken, die wir im Wollladen verkaufen wollen?«

Selma nickte eifrig, erleichtert über die Ablenkung.

Zum Glück verzog sich der Ärger schnell, als Oma Erika den Kindern erklärte, wie sie aus Kartoffeln und Farbe eigene Stempel herstellen konnten. Sie legte eine alte Tischdecke über den Esstisch, gab ihnen ein paar Pappteller, auf die sie verschiedene Farben gegossen hatte, und half beim Schnitzen der Kartoffelstempel. Maja entschied sich für einen Stempel in Herzform, Selma schnitzte eine Welle, und Marre arbeitete an einem Halbmond. Dann bestempelten sie die Taschen so konzentriert, dass man eine Weile nur das Knistern des Kaminfeuers hören konnte und den Regen, der gegen das Fenster prasselte.

Selma war mit ihrer ersten Tasche schnell fertig. Mit einem leichten »Pfft« drückte sie eine letzte Welle auf den Stoff und begutachtete ihr Werk.

Da polterte es plötzlich laut! Die Katze fegte wie ein grau-weißer Blitz durchs Wohnzimmer, sprang auf die Fensterbank und verschwand dort hinter einem Blumentopf.

»Ach, du liebes bisschen! Hab ich mich erschreckt …«, rief Oma Erika und legte die Hand auf ihre Brust.

»Das war doch nur die Katze, Oma«, sagte Selma und beobachtete, wie der Kopf der Katze hinter dem Versteck hervorlugte. Ihre wuscheligen Ohren zuckten abenteuerlustig hin und her, so als überlegte sie gerade, wo sie als Nächstes herumturnen wollte. Und dann hatte die Katze auch schon eine Idee: Mit einem wilden Hopser stürzte sie die Fensterbank hinunter, machte ein paar große Sätze durchs Zimmer und sprang dann leichtfüßig auf den Tisch. Dabei landete sie mit ihren Hinterpfoten in einem Teller mit grüner Farbe, was sie sehr zu verängstigen schien. In einem halsbrecherischen Tempo flüchtete sie über die ausgelegten Jutetaschen hinweg, sprang

wieder vom Tisch herunter und rannte mit einem gehörigen Katzenbuckel einmal quer über den weißen Teppich, auf dem sie – genau wie auf den Taschen – lauter grüne Pfotenabdrücke hinterließ. Erst als sie wieder hinter dem Blumentopf auf der Fensterbank saß, fühlte sie sich in Sicherheit.

Alle im Zimmer waren wie erstarrt. Selma sah zu Oma Erika, deren Gesicht sich beim Anblick des ruinierten Teppichs in eine knallrote Tomate verwandelt hatte.

»Das darf doch nicht wahr sein!«, rief sie. »Haltet die Katze fest und macht ihr die Pfoten sauber. Ich muss mich so schnell wie möglich um die Flecken kümmern!« Und dann eilte Oma Erika auch schon aus dem Wohnzimmer.

»Wir müssen die Katze irgendwie einkreisen, bevor sie noch durch das ganze Haus springt«, sagte Marre und pirschte sich sofort mit vorsichtigen Schritten an die Katze heran. »Na, du kleines Raubtier?«, fragte er. »Hast dich ganz schön erschrocken, was?«

Die Katze beäugte ihn misstrauisch, als er langsam beide Arme nach ihr ausstreckte. Zum Glück ließ sie sich aber von ihm hochnehmen.

»Im Tiere-Einfangen bin ich Profi!«, triumphierte Marre und drehte sich zu Selma und Maja um.

»Schnell ins Bad mit ihr!«, sagte Selma und lief voran.

Oma Erika gab sich die größte Mühe, die Teppichflecken wieder zu entfernen: Sie schrubbte und schrubbte, bis sie schließlich der Meinung war, dass es genügte. Der Teppich hatte nie zuvor so weiß gestrahlt, da war Selma sich sicher. Wenn man aber wusste, was sich soeben hier abgespielt hatte, konnte man die Pfotenabdrücke noch erkennen – doch das behielt sie lieber für sich.

»Kein Wort zu Opa!«, warnte Oma Erika und warf der Katze in Selmas Armen einen forschenden Blick zu. Sie war wieder sauber und duftete nach Lavendelseife, blickte allerdings missmutig drein. Das Baden hatte ihr gar nicht gefallen.

»Hat er denn immer noch was gegen die Katze?«, fragte Marre erstaunt.

»Ich finde, er gewöhnt sich von Tag zu Tag mehr an sie.« Selma kicherte. »Gestern ist was Lustiges passiert. Opa hat am Küchentisch Zeitung gelesen und gar nicht mitbekommen, wie die Katze reingeschlichen ist. Dann ist sie auf den Tisch gehopst und hat sich direkt vor seiner Nase auf die Zeitung gesetzt, weil sie gekrault werden wollte.«

»Wie mutig von ihr«, sagte Maja grinsend. »Sie wollte sich bestimmt mit deinem Opa anfreunden. Und was ist dann passiert?«

»Opa hat erst mal ganz schön verdutzt geguckt, und für einen Moment hab ich gedacht, jetzt streichelt er sie vielleicht wirklich. Aber stattdessen hat er den Kopf geschüttelt und ist einfach ins Wohnzimmer gelaufen.«

»Und wie ging es weiter?«, fragte Marre.

»Na ja – die Katze ist ihm gefolgt!«

Marre und Maja lachten.

»Dein Opa kann von eurer Katze halten, was er will«, sagte Marre und streichelte den Stubentiger. »Aber eines hat er mit ihr gemeinsam: Sie sind beide ganz schöne Sturköpfe.«

Maja ging zum Esstisch, hob vorsichtig eine der Jutetaschen hoch und zeigte sie den anderen.

»Eure Katze hat ganze Arbeit geleistet. Sieht das nicht toll aus mit den grünen Pfoten und den Herzen? Und die hier ist auch richtig schön geworden«, sagte sie und deutete auf eine Jutetasche mit lauter gelben Halbmonden und besonders vielen Pfotenabdrücken.

Selma setzte die Katze auf den Boden, ging zum Tisch und hielt sich eine Tasche probeweise an die Seite. Maja hatte recht: Die Taschen sahen wirklich wahnsinnig gut aus!

Anleitung zum Kartoffelstempeln

Habt ihr auch schon mal eigene Stempel gebastelt? Das geht viel einfacher, als ihr denkt. Was Selma, Maja und Marre können, kriegt ihr auch hin!

Ihr braucht:

- ein bis zwei große Kartoffeln, der Länge nach durchgeschnitten
- Acryl- oder Stoffmalfarben (zum Beispiel Grün, Rot und Blau)
- alte Joghurtbecher oder kleine Teller für die Farben
- einen Pinsel
- etwas zum Bedrucken (etwa eine Jutetasche, ein Blatt Papier oder eine Schachtel)
- eine Unterlage für den Tisch
- Plätzchen-Ausstechformen
- ein Messer
- ein Schneidebrett
- etwas Küchenpapier

So geht's:

1. Sucht euch ein Ausstechförmchen aus und drückt es in die glatte Seite einer Kartoffelhälfte. Der obere Rand des Förmchens sollte ringsherum noch aus der Kartoffel herausgucken.

2. Schneidet mit dem Messer die Kartoffelfläche rund um das Förmchen weg. Eure Eltern können euch dabei helfen. Anschließend zieht ihr das Förmchen vorsichtig aus der Kartoffel heraus. Fertig ist der Stempel!

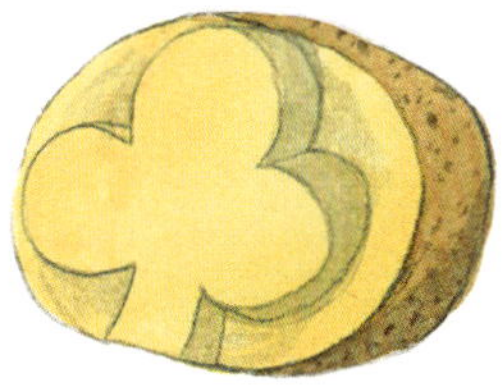

3. Nehmt ein Blatt Küchenpapier und tupft die glatte Stempelseite eurer Kartoffel damit trocken. Wählt eine Farbe aus und taucht den Pinsel kurz darin ein. Bestreicht damit den Kartoffelstempel und drückt ihn dann vorsichtig auf den Beutel, das Papier oder die Schachtel, die ihr verzieren wollt.

Tipp: Wenn der Stempelabdruck nicht ganz perfekt aussieht, könnt ihr die noch farblosen Stellen mit dem Pinsel ausbessern oder das Motiv ein zweites Mal darüberdrucken.

Wald, Beeren und Elfen

Habt ihr alle schon was Spannendes gefunden?«, rief Selma in den Wald hinein und setzte sich auf einen großen Stein in der Mitte der Lichtung. Es war ein warmer Tag, und das Wetter war seit einigen Tagen endlich wieder richtig schön sommerlich! Die Sonne blitzte durch die Blätter der Bäume hindurch, und Selma kniff die Augen zusammen. Ihr Blick wanderte über den moosigen Waldboden, streifte einen Ameisenhaufen, einen alten Baumstumpf … und da, im hohen Gras glitzerte etwas! Selma sprang auf, um nachzuschauen, was es war. Stolz hielt sie eine kleine angestoßene Porzellantasse hoch, die mit einem Goldrand und kleinen goldenen Blüten verziert war.

»Die ist aber schön!«, sagte Maja und hockte sich neben Selma ins Gras. »Wo hast du die denn gefunden?«

»Direkt hier«, antwortete Selma und fuhr mit ihrem linken Zeigefinger über eine herausgebrochene Stelle am Tassenrand.

»Dann gewinnst du wohl schon wieder«, seufzte Maja. Sie setzte sich ins Gras und legte ein kleines altes Vogelnest in ihren Schoß.

»Es geht ja nicht um das schönste Fundstück«, sagte Selma, »sondern es gewinnt derjenige, der sich die beste Geschichte dazu ausdenken kann. Und im Geschichtenerzählen bist du viel besser als ich!«

Ein kleines Lächeln huschte über Majas Gesicht. »Mal gucken.«

Selma sah sich plötzlich um. »Wo ist eigentlich Kasimir?«

Maja zeigte hinter sich. Da kam Marre angelaufen, dicht gefolgt von Kasimir.

»Schaut mal, was ich gefunden habe!« Mit beiden Händen hielt er seine Umhängetasche hoch, und es sah ganz danach aus, als ob er etwas Großes und Schweres darin transportierte.

»Ich wette, es ist was zu essen«, sagte Maja, als Marre sie erreicht hatte. »Sonst wäre Kasimir dir nicht die ganze Zeit auf Schritt und Tritt gefolgt.«

»Du bist ganz blau im Gesicht!«, prustete Selma.

Marre grinste, setzte sich zu den Mädchen und ließ die beiden in seine Tasche gucken. »Du hast recht, Maja. Kasimir hat gesehen, dass ich Blaubeeren gesammelt habe, darin bin ich einfach der Beste«, sagte er und wischte sich mit seinem rechten Handrücken einmal quer über den Mund.

»Klar, du bist ja in allem der Beste«, kicherte Selma.

»Es gibt niemanden, der so leckere Beeren findet wie ich. Probiert sie, und sagt mir, ob ihr schon mal bessere gegessen habt.« Marre grinste noch breiter.

Selma nahm eine Beere zwischen Daumen und Zeigefinger, streckte den Arm weit über ihren Kopf und ließ die Beere in ihren Mund hineinfallen. Sie kaute und sah Marre erstaunt an. »Die sind wirklich gut!«

»Ich denke, ich habe gewonnen«, sagte Marre zufrieden.

Maja verdrehte die Augen. »Erst mal musst du eine Geschichte zu den Blaubeeren erzählen«, sagte Maja. »Wer sich die beste Geschichte zu seinem Fund ausdenkt, ist der Sieger.«

»Wieso, das hab ich doch schon. Meine Geschichte ist, dass ich der beste Beerensammler der Welt bin«, antwortete Marre.

»Manchmal bist du echt bekloppt«, seufzte Selma. »Dann mache ich direkt weiter. Ich habe diese hübsche Tasse hier gefunden. Sie gehörte vor langer Zeit einem Piraten, der auf unserer Insel gestrandet ist, und war das letzte Andenken an seine Schwester, die er schon seit Jahren nicht mehr gesehen hatte. Und ...« Selma überlegte kurz. »Na ja, weil er sich nicht mehr an sie erinnern wollte, schleuderte er sie gegen einen Baumstamm. Dabei ist ein Stück vom Rand abgebrochen.«

»Hä?« Marre sah sie verständnislos an. »Das soll die ganze Geschichte sein?«

Selma ignorierte ihn und drehte sich zu Maja: »Jetzt bist du dran!«

»Also«, begann Maja und hob vorsichtig das Vogelnest hoch. »Das hier war früher mal ein Schloss. Es lag hoch oben in den Wipfeln der größten Tanne dieser Insel und wurde von einer Elfenkönigin bewohnt. Sie war wunderschön, langweilte sich aber, denn sie wollte so gerne die weite Welt kennenlernen. Eines Tages kam ein Elfenkönig auf einer silbernen Taube herbeigeflogen. Die Taube war alles, was er besaß, aber er hatte auf ihr schon viele Länder durchquert. Er verliebte sich sofort in die Königin, und die beiden heirateten. Seitdem reisen sie zusammen durch die Welt, und das Schloss steht leer. Der Sturm von letzter Woche wehte es herunter, und ich werde es für die beiden Elfen aufbewahren, falls sie einmal wiederkommen.« Maja guckte schüchtern unter ihrem langen Pony hervor.

»Toll!«, sagte Selma. »Ich finde, du hast gewonnen. Was meinst du, Marre?«

»Ich fand meine Geschichte mindestens genauso gut ...«, antwortete er und zuckte mit den Schultern. »Wo wir gerade von Elfen und so was reden: Müsst ihr auch noch immer an die Geschichte von dem Fischer denken, die Annegret uns erzählt hat?«

»Ja, die war echt unheimlich … und spannend«, sagte Selma. »Wir könnten uns das Haus ja mal ansehen.«

»Bist du verrückt?«, fragte Maja entsetzt. »Das ist gefährlich!«

»Es ist nicht gefährlich. Es gibt doch gar keine Geister. Wir wollen uns dort nur mal umschauen«, entgegnete Selma abenteuerlustig.

»Ohne mich!«, rief Maja und verschränkte die Arme vor der Brust.

Plötzlich knackte es im Unterholz. Die Kinder zuckten zusammen und schauten sich um.

Im selben Moment tauchte eine große Gestalt mit wuscheligen Haaren und blitzenden Brillengläsern zwischen zwei Bäumen auf.

»Ach, du bist es, Papa! Mann, hast du uns erschreckt«, rief Marre und schüttelte erleichtert den Kopf.

»Hallo, Kinder«, sagte Johan fröhlich. »Haltet euch fest: Ich habe gerade das erste Deichhummel-Nest gefunden!«

»Wirklich? Das ist ja toll! Kannst du es uns zeigen?«, fragte Selma aufgeregt.

»Mit dem größten Vergnügen! Folgt mir«, sagte Johan und stapfte wieder in die Richtung, aus der er gekommen war.

Im Gänsemarsch marschierten Selma, Maja und Marre hinter ihm her, bis er vor einem kleinen Erdloch stehen blieb.

Selma konnte ein leises Brummen hören, das aus der Erde drang – und tatsächlich: Da kletterte gerade eine Deichhummel aus dem Erdloch! Selma erkannte sie sofort an ihrem gelben Pelz mit den dünnen schwarzen Streifen auf dem Rücken. Er erinnerte sie ein bisschen an das Fell eines Tigers.

»Hallo, kleine Hummel«, sagte Selma und beobachtete fasziniert, wie sie sich zum Flug startklar machte.

Es dauerte nicht lange, bis die nächste Deichhummel aus dem Erdloch krabbelte und eine weitere herangeflogen kam. Selma gefiel der rege Betrieb in der Hummelbehausung. Es gab so viel zu sehen!

Johan erzählte ihnen, dass jede Hummelart ihren eigenen Geruch hatte. Wenn Hummeln nach längerer Nahrungssuche den Heimweg zu ihrem Nest antreten wollten, folgten sie einfach der Duftspur ihres Volkes.

Selma überlegte, wie wohl eine Deichhummel roch. Bestimmt nach Wiesenklee! Ganz in der Nähe entdeckte sie feine Wiesen-Glockenblumen. Ihre violette Farbe gefiel Selma, und sie pflückte ein paar Stiele für ihr Herbarium.

»Wusstet ihr, dass Hummeln sich bestimmte Punkte in der Nähe ihres Nestes einprägen, um ihr Zuhause wiederzuerkennen?«, fragte Johan, ohne seinen Blick vom Erdloch zu wenden.

Die Kinder schüttelten den Kopf.

»Die Punkte können ein Baumstumpf, ein Pilz oder ein Stein sein. Wenn sich an der Komposition dieser Gegenstände etwas ändert, kann man die Hummeln ganz schön aus der Fassung bringen.«

Johan legte seine Brille neben das Erdloch, um zu zeigen, was er meinte. Als die nächste Deichhummel angeflogen kam, zögerte sie, sich dem Loch zu nähern. Sie flog hin und her, so als suchte sie etwas. Erst nachdem sie eine Weile auf Johans Brille herumgekrabbelt war, schien sie ihr Nest zu erkennen, und sie kletterte hinein.

»Hummeln sind sooo süß!«, rief Maja.

»Finde ich auch«, sagte Selma.

»Weißt du schon, was du mit der Tasse machst?«, fragte Maja, als die drei Freunde später bei Selmas Großeltern ankamen. Johan war noch immer im Wald unterwegs.

»Das wird das neue Trinkschüsselchen für die Katze«, antwortete Selma und öffnete die Tür zur Küche. »Und was machst du mit dem Vogelnest?«

»Weiß ich noch nicht«, antwortete Maja. »Vielleicht hänge ich es in einen Obstbaum im Garten.«

Auf dem Küchentisch lag neben einer Schere, Papier und Stiften eine kleine Skizze von einem Hund, der Kasimir verblüffend ähnlich sah. Selma hatte nach dem Frühstück an ihrem Geburtstagsgeschenk für Maja gebastelt und vergessen, danach aufzuräumen! Jetzt beeilte sie sich, alles schnell zu verstecken, bevor Maja einen Blick darauf werfen konnte.

»Wie geht's eurer Katze eigentlich? Hat sie endlich einen Namen?«, fragte Marre und leerte den Inhalt seiner Tasche auf dem Küchentisch aus. Maja und Selma taten es ihm gleich – sie hatten ihre T-Shirts unten umgeschlagen, um darin Blaubeeren zu transportieren.

Dann hob Selma den rechten Zeigefinger und versuchte, die Stimme ihres Opas zu imitieren. »Das ist doch Mumpitz! Die Katze gehört uns nicht, also kriegt sie auch keinen Namen.«

Maja und Marre kicherten.

Da kam Oma Erika herein. »Ach, ich wusste gar nicht, dass ihr hier seid!«, sagte sie und warf einen Blick auf die Blaubeeren. »Das sind ja mindestens zwei Pfund! Habt ihr die ganz alleine gesammelt?«

»Marre hat eine Stelle im Wald entdeckt, wo ganz viele Blaubeeren wachsen. Und später haben wir alle welche gepflückt. Die Beeren schmecken super, probier mal!« Selma streckte ihrer Oma eine Beere hin. »Johan hat uns noch beim Pflücken geholfen, wir haben ihn nämlich unterwegs getroffen. Stell dir vor: Er hat im Wald die Deichhummel gefunden!«

»Wirklich? Das ist ja toll!«, sagte Oma Erika. Dann steckte sie sich die Beere in den Mund. »Mmmh! Wie wäre es, wenn wir Marmelade daraus kochen? Dann können Maja und Marre ein paar Gläser mit nach Hause nehmen. Und heute Mittag essen wir die Marmelade mit frisch gebackenen Milchbrötchen. Das heißt, wenn Herta heute guter Dinge ist …«

»Herta?«, fragte Marre. »Wer ist das?«

Oma Erika kicherte. »Du wirst vielleicht lachen, aber unser Ofen führt ein Eigenleben. Manchmal bollert er so heiß, dass uns jeden Kuchen innerhalb kürzester Zeit verbrennt, und an anderen Tagen kann es ewig dauern, bis unsere Sonntagsbrötchen fertig werden. Und weil dieser Ofen fast genauso alt ist wie ich, habe ich ihn auf den altmodischen Namen Herta getauft. Ich bilde mir ein, dass der Ofen besser auf mich hört, seit ich ihm einen Namen gegeben habe.«

Marre grinste. »Meinst du, er hört auch auf mich? Vielleicht kann ich auch mit Backöfen sprechen.«

»Lass es uns ausprobieren!«, sagte Oma Erika.

Innerhalb kürzester Zeit duftete es in der kleinen Küche so lecker, dass Selma es kaum erwarten konnte, die Marmelade zu kosten! Als sie endlich fertig war, deckten Maja und Selma den Tisch im Garten, während Marre und Oma Erika zwei Tabletts mit den Milchbrötchen, der Marmelade und Saft herausbrachten.

Maja strich eine dicke Schicht Marmelade auf ihr Milchbrötchen und biss hinein. »Mmhh, so schmeckt Sommer!«

»Das ist es!«, rief Selma. »Wollen wir unserer Marmelade einen Namen geben? Zum Beispiel *Marres, Selmas & Majas Sommermarmelade*?«

Marre hob kauend beide Daumen, und Maja nickte eifrig.

»*Sommermarmelade*. Einfach famos!«, fand auch Oma Erika.

Anleitung für ein Suchspiel in der Natur

Es macht solchen Spaß, durch den Wald zu schlendern und sich nach Moos, Eicheln und anderen schönen Dingen umzusehen! Wenn ihr das nächste Mal mit euren Freunden oder eurer Familie im Wald seid, könnt ihr einen kleinen Wettbewerb machen: Wer bringt den besten Fund mit nach Hause?

Ihr braucht:

- ein Blatt Papier pro Mitspieler
- für jeden einen Stift zum Schreiben
- eine kleine Tasche oder einen Korb zum Verstauen eurer Waldfunde

So geht's:

1. Schreibt oder malt eine Liste mit den Dingen, die ihr im Wald finden wollt, zum Beispiel:
   - etwas, das ein Geräusch macht
   - etwas, das gut riecht
   - etwas, das sich rau anfühlt
   - etwas, das sich weich anfühlt
   - einen Tannenzapfen
   - mindestens fünf verschiedene Blätter
2. Nehmt die Liste mit in den Wald und beginnt mit eurer Suche. Wer zuerst alle Dinge auf der Liste abhaken kann, hat gewonnen.

Tipp: Ihr könnt auch Teams bilden. Das schnellste Team gewinnt.

Die Geschichte vom Seeungeheuer

Auf den Wiesen lag noch frischer Tau, und die Sonne verwandelte das blaue Meer in einen Himmel aus unzähligen funkelnden Sternen. Rund um die Insel schwammen ein paar Möwen auf dem Wasser und genossen die morgendliche Ruhe in der Bucht, als ein kleines Motorboot langsam aus dem Hafen glitt und mit lautem Knattern die Stille zerschnitt. Opa Olle summte leise vor sich hin, steuerte das Boot aufs offene Meer hinaus und ließ seinen Blick über den Horizont schweifen. Selma beobachtete sein silbernes Haar, das sich im Fahrtwind fröhlich kräuselte. An Tagen wie diesem war ihr Opa wie umgekrempelt. Dann stürzte er sich abenteuerlustig in jede noch so verrückte Unternehmung, ohne mit der Wimper zu zucken. Doch vor allem war er an solchen Tagen eines: ein echter Seemann.

Als sie durch den Schärengarten fuhren, winkten ihnen hier und da Menschen von den Inseln aus zu. Selma, Maja und Marre winkten zurück, dann ließen sie ihre Hände ins Wasser gleiten und spritzten sich gegenseitig nass. Die Kinder waren heute Morgen extra früh aufgestanden, um Opa Olle zum Fischen zu begleiten.

»Bereit für unser Angel-Abenteuer, Kinder?«, fragte Opa Olle.

»Ja!«, rief Marre und strahlte.

»Ich auch«, antwortete Maja, die neben Marre im Bug des Bootes saß.

Selma nickte nur gedankenverloren und rückte näher zu ihrem Großvater auf: »Du, Opa … denkst du eigentlich oft an deine Seemannszeit zurück?«

»Wenn man so viel Zeit auf dem Meer verbracht hat wie ich, fühlt man sich auf dem Wasser am wohlsten«, sagte er. »Es war die abenteuerlichste Zeit meines Lebens!«

»Das muss toll gewesen sein«, sagte Marre. »Irgendwann will ich mal Forscher werden wie Papa. Und dann untersuche ich das Meer.«

»Tatsächlich?« Opa Olle zog seine buschigen Augenbrauen hoch. »Ein ausgesprochen schönes Forschungsgebiet hast du dir da ausgesucht. Das Meer hat viele Geschichten zu erzählen. Wer weiß, vielleicht entdeckst du sogar neue Lebewesen dort unten.« Er nickte Marre zu.

»Darf ich dich was fragen? Du musst auch nicht antworten, wenn du nicht willst …«, sagte Marre.

Mittlerweile waren sie so weit rausgefahren, dass sie ihre eigene Insel nicht mehr sehen konnten. Selmas Großvater schaltete den Motor aus. Das Boot glitt noch ein Stück weiter über das Meer, dann kam es zum Stehen und schaukelte auf den Wellen hin und her. Kein Schiff war weit und breit zu entdecken oder zu hören, nur das Wasser gluckerte in unregelmäßigen Abständen gegen die Bootswände.

Jetzt steckte Opa Olle drei Angeln zusammen, die er an die Kinder verteilte. Dann wandte er sich an Marre und sagte: »Nur zu!«

»Was ist eigentlich mit deinem Arm passiert?«, fragte Marre.

Selmas Opa sah an seinem linken, vernarbten Arm herunter. »Du meinst den hier?«

Marre nickte.

»Ja, das war eine unschöne Geschichte …«, begann er und warf Selma einen verstohlenen Blick zu. »Wollt ihr sie hören?«

Alle nickten eifrig. Es schien ganz an der Zeit für eine von Opa Olles Seemannsgeschichten zu sein!

»Also gut.« Selmas Opa räusperte sich. Er kontrollierte die Angelschnur, dann legte er los: »Ich war damals noch ziemlich grün hinter den Ohren, gerade mal sechzehn Jahre alt, als ich eine Gruppe Fischer nach Nordnorwegen begleiten sollte. Sie suchten nach Skreischwärmen und brauchten ein paar Schiffsjungen, die ihnen die Drecksarbeit abnahmen. Deck putzen, Skreizungen rausschneiden, so was. Es war der kälteste Winter seit Jahren. Viele Fjorde waren zugefroren, und man musste höllisch aufpassen, dass man im dunklen Gewässer nicht auf Steinfelsen auflief.«

»Warum seid ihr denn nicht im Sommer gefahren?«, unterbrach ihn Marre verwundert.

»Weil es den Skrei nur im Winter gibt. Das ist ein ganz besonderer Fisch. Teuer und begehrt, aber nicht so einfach aufzuspüren«, erklärte Opa Olle. »Die Wetterverhältnisse müssen perfekt sein: kein Sturm, kein Regen, klare Sicht. Und man braucht kleine, wendige Boote. Leider sind das meist nicht die robustesten – und das haben wir am eigenen Leib zu spüren bekommen …«

Er warf seine Angel aus, steckte die lange Rute in eine Vorrichtung an der Bootsinnenwand und stopfte sich eine Pfeife.

Selma sah, wie Maja und Marre ihn gespannt beobachteten und darauf warteten, dass er fortfuhr. Sie selbst kannte die Geschichte schon und wusste, dass sie jetzt ganz still sein musste. Aber das fiel ihr wirklich schwer! Es kribbelte schon richtig doll auf ihrer Zunge, so als ob sie ihr nicht gehorchen wollte.

»Was ist denn passiert?«, fragte Marre schließlich ungeduldig.

Opa Olle blinzelte zu ihm herüber und verzog das Gesicht: »Nu' mal langsam mit den jungen Muränen. Ich bin noch nicht fertig hier.« Er deutete auf seine Pfeife, zündete sie an und nahm einen tiefen Zug. Als der Pfeifenrauch langsam aus seinen Nasenlöchern herauswaberte, fuhr er fort.

»Der Skreifang ist ein hartes Geschäft, wisst ihr? Morgens geht es in aller Herrgottsfrühe raus aufs dunkle Meer. Es kann da draußen so zottenduster sein, dass man seine eigene Hand vor Augen nicht sieht. Ich erinnere mich noch an den kalten, tosenden Wind, der einem das Blut in den Adern gefrieren ließ. Der Skreifang in diesem Jahr schien vom Pech verfolgt zu sein. Wir fingen einfach nichts. Tagelang! Den anderen Fischern ging es genauso. Irgendetwas hielt die Skreischwärme von uns fern, wir hatten nur keinen blassen Schimmer, was.«

Selma merkte, wie Maja vom Rand des Bootes näher zu Marre herüberrückte.

Opa Olle zog noch mal an seiner Pfeife, dann erzählte er weiter. »So hoch im Norden kann das Wetter unberechenbar sein. Als wir eines Morgens durch den Fjord fuhren, gab es keinerlei Anzeichen für einen Sturm, doch als wir das offene Meer erreicht hatten, verdunkelte sich der Himmel. Mit einem Mal wurde unser kleines Schiff von riesigen grauen Wellen hin und her geworfen, als wäre es eine Nussschale. Jetzt musste jeder Handgriff sitzen. Wir wendeten sofort und versuchten, so schnell wie möglich zurück in den Fjord zu fahren. Plötzlich stieß etwas so kräftig gegen das Heck unseres Bootes, dass alle an Deck das Gleichgewicht verloren und der Reihe nach umfielen. Wie Kegel auf einer Bowlingbahn!«

Opa Olle schüttelte den Kopf, so als könne er es immer noch nicht begreifen.

»Dann ging alles ganz schnell. Mit einem lauten Krachen zersplitterte die Bootswand unmittelbar hinter mir. Eine offene Stelle klaffte im Bootsrumpf. Ich konnte direkt ins schäumende Wasser schauen«, erzählte er mit düsterer Stimme. »Aus den Augenwinkeln sah ich eine dunkle Kreatur unter der Wasseroberfläche, keinen Meter entfernt von uns. Bevor ich verstand, was ich gerade erblickt hatte, krachte es erneut. Dieses Mal noch lauter als zuvor. Das Boot hob und senkte sich so elendig, dass ich beinahe ins Wasser schlitterte.«

Selma hörte, wie Maja nach Luft schnappte.

Opa Olle schien auf diese Reaktion gewartet zu haben. Er sah die Kinder der Reihe nach an. »Ich konnte mich in letzter Sekunde an der Bootswand festhalten. Da schoben sich zwei riesige Tentakel aus den Wellen. Plötzlich fand ich mich Auge in Auge mit einem Seeungeheuer wieder! Zum Glück glitt es schon Sekunden später mit lautem Gurgeln zurück ins Meer.«

Er machte eine kurze Pause.

»Kaum war das Viech abgetaucht, wurde es wieder ruhig auf dem Wasser. Wenn das Ungeheuer nicht so rasch von uns abgelassen hätte, wären wir wohl niemals lebend zurückgekehrt. Erst als wir an Land waren, bemerkte ich, dass ich am Arm blutete. Ich muss mich an ein paar Holzsplittern an der Bootswand verletzt haben, als ich mich dort so krampfhaft festhielt«, schloss Opa Olle seine Geschichte.

Es war vollkommen still, keiner sagte einen Ton. Doch in der Ferne konnte man das Horn eines Schiffes hören.

Maja und Marre schauten Opa Olle erschrocken an.

»Ihr braucht keine Angst zu haben«, sagte Selma schnell. »Die Geschichte von Opa … na ja, die ist …«

»… nichts weiter als Seemannsgarn«, beendete Opa Olle ihren Satz. »Es gibt natürlich keine Seeungeheuer. Die Narben hier habe ich einem bissigen Hund zu verdanken. Aber das schien mir keine besonders spannende Geschichte zu sein.« Er beugte sich zu Maja und Marre herüber und klopfte ihnen auf die Schultern. »Hab ich euch sehr erschreckt? Das wollte ich nicht. Aber die Geschichte ist gut, müsst ihr zugeben!«

Marre schnaufte empört. »Ich hab das mit dem Ungeheuer eh nicht geglaubt!«

Maja schüttelte den Kopf. »Nee, ich natürlich auch nicht.«

»Und an Geister glaube ich übrigens genauso wenig«, sagte Marre. »Obwohl Annegret uns erzählt hat, dass es in der alten Fischerhütte auf der Insel spukt. Aber ich hab mit meinem Papa darüber geredet, und er meinte, dass das nicht stimmen kann.«

»So, hat Annegret euch vom alten Fischer erzählt?« Selmas Opa strich sich über seinen Bart.

»Du hast mir nie von ihm erzählt!«, sagte Selma ein wenig beleidigt.

»Nun ja, ich dachte, die Geschichte könnte dich beunruhigen. Wie dem auch sei. Es heißt, der Geist des Fischers tue niemandem etwas, nur wenn jemand versucht, das Haus zu bewohnen, wird es ihm zu bunt. Hat Annegret auch die Schatzkarte erwähnt?«

Selma wurde hellhörig. »Was für eine Schatzkarte?«

»Der Fischer besaß eine alte Schatzkarte, die er irgendwo in seinem Haus versteckt hielt. Er hat sie niemandem gezeigt, aber immer damit geprahlt.« Opa Olle zog seine Angelschnur aus dem Wasser.

»Heißt das, sie ist noch im Haus und wurde nie gefunden?«, hakte Selma nach.

»Wahrscheinlich«, antwortete Opa Olle. »Die Karte soll zu einem Schatz hier auf der Insel führen. Angeblich wurde sie von einem alten Seemann angefertigt. Er soll seine wertvollsten Habseligkeiten auf der Insel vergraben und auf der Karte markiert haben. Wie der Fischer schließlich an die Karte gelangt ist, weiß keiner so richtig.«

»Und was für Habseligkeiten sind das?«, fragte Selma.

Opa Olle zuckte mit den Schultern. »Woher soll ich das wissen? Ich kann euch nicht einmal sagen, ob der alte Fischer den Schatz jemals selbst gefunden hat.« Er sah auf seine Uhr. »Ich glaube, es wird Zeit, dass wir zurückkehren.«

Während der ganzen Heimfahrt ging Selma die Schatzkarte nicht mehr aus dem Kopf. Wenn es sie wirklich geben sollte, musste sie auch irgendwo zu finden sein. Davon war sie überzeugt.

Anleitung für selbst gemachte Korkenboote

Das Leben auf hoher See kann ganz schön aufregend sein. Ihr habt kein Meer vor der Haustür? Macht nichts. Diese selbst gemachten Korkenboote kommen bei Regenwetter erst so richtig in Fahrt!

Ihr braucht:

- drei bis vier Korken (am besten aus Weinflaschen – fragt eure Eltern, ob sie welche für euch aufbewahren)
- zwei breite und stabile Gummibänder
- einen Zahnstocher
- einen Bogen Origami-Papier eurer Wahl (oder ein Stück buntes Papier)
- eine Schere
- Stifte und Washi-Tape zum Dekorieren eures Segels
- eine kleine Schraub-Öse
- Kordelband (ca. 1 Meter lang)

So geht's:

1. Für das Floß eures Bootes stellt ihr drei Korken aufrecht nebeneinander auf den Tisch. Schnappt euch eines der Gummibänder und zieht es vorsichtig über die obere Hälfte aller drei Korken, sodass sie fest vom Gummiband zusammengehalten werden. Jetzt stellt ihr die Korken andersherum auf den Tisch und zieht das zweite Gummiband ebenfalls über die Korken. Fertig ist der Rumpf des Bootes!

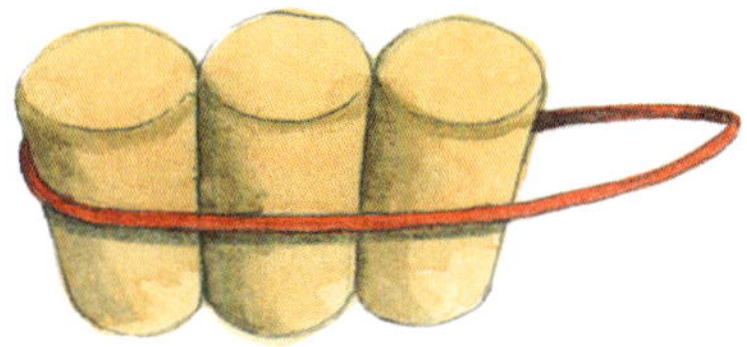

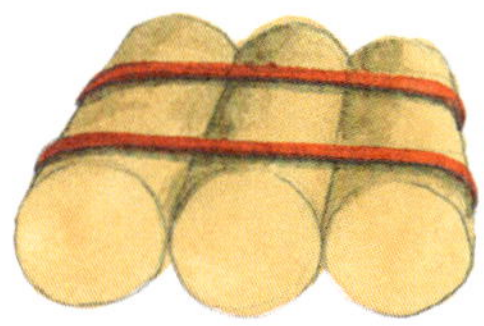

2. Anschließend bastelt ihr euer Segel: Es kann viereckig oder dreieckig sein. Schneidet es einfach aus einem Papier eurer Wahl aus oder faltet das Papier. Dann bemalt und beklebt ihr es nach Lust und Laune.

3. Nun spießt ihr den Zahnstocher insgesamt zweimal durch das Segel: einmal unten und einmal weiter oben. Drückt das Segel vorsichtig in die Mitte eures Bootes.

4. Wenn ihr mögt, befestigt ihr noch eine kleine Schraub-Öse seitlich am Boot und knotet ein Kordelband als Leine daran fest. So büxt das Korkenboot im Wasser nicht aus, und ihr könnt es ein bisschen steuern. Leinen los: Jetzt könnt ihr euer Korkenboot ins Wasser lassen!

Majas Geburtstag

Konzentriert beugte sich Selma über den Küchentisch. Das Seidenpapier knisterte leise, als sie die kleine glänzende Tonbrosche vorsichtig darin einhüllte und in eine Schatulle legte. Sie wickelte ein hellblaues Samtband drum herum und machte eine etwas schiefe Schleife.

»Tada!«, rief sie und tanzte mit dem Päckchen in der Hand durch die Küche. Sie war so stolz auf sich! Die Brosche war einfach das perfekte Geschenk für Maja, und heute durfte sie es ihrer Freundin endlich überreichen. Selma hatte schon seit Tagen daran gebastelt. Zuerst musste die Brosche aus weichem Ton ausgestochen und getrocknet werden, bevor darauf ein Hund gemalt werden konnte. Opa Olle hatte ihr später geholfen, den Broschenverschluss an die Rückseite zu kleben und den Ton mit einer durchsichtigen Glasur zu bestreichen.

Selma stellte sich vor, wie Maja die Schleife löste und den Deckel von der Schatulle abhob. Wenn sie dann das Seidenpapier aufschlug und tiefe Grübchen auf ihren Wangen auftauchten, wusste Selma, dass Maja sich richtig doll darüber freute.

Selma packte das Geschenk in ihren Rucksack und radelte los. Mit vom Fahrtwind zerzaustem Haar betrat sie kurz darauf die Veranda von Majas Haus.

Als Selma gerade klingeln wollte, öffnete sich auch schon die Haustür. Beim Anblick ihrer Freundin schnappte Selma hörbar nach Luft: Majas langes schwarzes Haar war zu einem Dutt zusammengeknotet, und auf ihrem Kopf thronte eine selbst gebastelte Krone aus gelben Pfeifenreinigern. Dazu trug sie silberne Ohrstecker und ein dunkelblaues glitzerndes Tüllkleid, das leicht raschelte, wenn sie sich bewegte.

»Hallo, Selma!«, rief Maja und strahlte über das ganze Gesicht.

»Alles Gute zum Geburtstag!« Selma drückte ihre Freundin so fest an sich, wie sie nur konnte. »Du siehst aus wie eine Prinzessin.«

»Danke! Komm, es gibt gleich Pfannkuchentorte«, sagte Maja und zog sie ins Haus hinein.

Selma folgte ihr Richtung Wohnzimmer. Im Flur lagen überall bunte Luftballons auf dem Boden, die sich beim Vorbeilaufen hin und her wiegten.

Das Haus von Majas Familie war schon immer einer von Selmas Lieblingsorten auf der Insel gewesen. Sie fühlte sich hier sehr wohl und war jedes Mal aufs Neue erstaunt, wer alles unter diesem Dach wohnte: Neben Maja, ihren Eltern, ihrem Bruder Bo und Kasimir traf man für gewöhnlich auf die Katzendamen Mona und Lisa, das dicke Kaninchen Paul und ein Dutzend gackernde Hühner, die nicht nur gerne im großen Obstgarten umherspazierten, sondern auch regelmäßig im Wohnzimmer vorbeischauten. Nur heute mussten die Hühner ausnahmsweise draußen bleiben.

»Selma!« Ein kleiner dunkelhaariger Junge lief mit ausgebreiteten Armen auf sie zu.

»Hallo, Bo, du kleine Kaulquappe!«, lachte Selma und umarmte ihn.

Majas kleiner Bruder mochte Selma besonders gerne, weil sie sich immer viel Zeit für ihn nahm und mit ihm spielte.

Im Wohnzimmer saßen bereits alle Geburtstagsgäste an einem üppig dekorierten Esstisch und redeten wild durcheinander: Marre, Eva und Emil aus dem Haus nebenan und Majas Klassenkameradin Nele. Selma, Maja und Bo setzten sich zu ihnen.

Auf dem Tisch standen Kekse, Weingummis, Schokolinsen und Popcorn. Nur die Torte fehlte noch. Wie jedes Jahr würde Majas Mama sie gleich mit angezündeten Wunderkerzen ins Zimmer hineintragen.

»Welche Marmelade hast du dir dieses Mal für deine Pfannkuchentorte gewünscht?«, fragte Selma.

»Unsere Sommermarmelade natürlich«, antwortete Maja und schob sich eine Handvoll Schokolinsen in den Mund.

»Das wird sicher die beste Pfannkuchentorte aller Zeiten!«, da war sich Marre sicher.

»Hoffentlich ist sie auch richtig hoch«, sagte Emil.

Maja nickte. »Jedes Jahr kommen so viele Pfannkuchen auf die Torte, wie ich alt bin. Heute werde ich acht, also sind es acht Pfannkuchen übereinander. Und ich darf mir immer aussuchen, welche Marmelade zwischen die Pfannkuchen gestrichen wird.«

Plötzlich schepperte es laut.

»Was war denn das?«, fragte Selma beunruhigt.

Alle Kinder sprangen auf und rannten zur Küche, aus der das Geräusch gekommen war. Dort funkelten auf dem mit Marmelade und Sahne beschmierten Boden weiße Scherben zwischen Pfannkuchenresten. Und mitten in all dem Chaos kauerte Kasimir. Die Marmeladenflecken um sein Maul glänzten verräterisch, und er sah so unglücklich aus, als hätte er keine Pfannkuchentorte, sondern ein ganzes Krokodil verputzt. Majas Mama stand daneben und machte ein genauso unglückliches Gesicht.

»Kasimir«, schimpfte Maja, »das war meine Geburtstagstorte, du Doof-

kopf!« Dann begann sie zu schluchzen, und dicke Tränen rollten über ihre Wangen.

»Ach, Schätzchen, es tut mir so leid«, sagte Majas Mama und nahm sie fest in den Arm. »Ich habe wirklich nur eine Minute nicht aufgepasst …« Sie seufzte und strich Maja die Tränen aus dem Gesicht. »Weißt du was? Während ich hier aufwische und Kasimirs Fell von der Marmelade befreie, esst ihr jetzt erst mal die Süßigkeiten, die auf dem Tisch stehen, du packst deine Geschenke aus, und dann machen wir einen Spaziergang zur Eisdiele *Wünsch dir was*. Jeder von euch kriegt so viele Kugeln Eis, wie er will. Einverstanden?«

Maja nickte stumm, sah aber schon wieder ein kleines bisschen fröhlicher aus. Dann stapfte sie, gefolgt von ihren Geburtstagsgästen, ins Esszimmer.

»Schade, ich hatte mich schon so auf die Torte gefreut«, sagte Marre.

»Ja, aber Eis ist auch super«, sagte Selma und hakte sich bei Maja unter.

Zum Glück verbesserte sich Majas Stimmung mit jedem Geschenk, das sie auspackte. Sie bekam ein Malbuch, Haargummis, ein Buch über Hunde, glitzernde Tiersticker und von Marre einen Beutel mit selbst gemachten Samenbomben. Die anderen hatten noch nie etwas von Samenbomben gehört. Marre erklärte, dass sie aus Blumenerde und Blumensaat bestanden und einfach nur auf ein Fleckchen Erde geworfen werden mussten. Nach einer Weile wuchsen an dieser Stelle dann Blumen, die Hummeln besonders gerne mochten.

Als Selmas Päckchen an der Reihe war, rutschte sie nervös auf ihrem Stuhl herum. Was, wenn Maja das Geschenk doch nicht gefiel? Selma hielt den Atem an, während Maja die Brosche vorsichtig aus dem Seidenpapier wickelte und auf ihre flache Hand legte. Sie strich mit einem Zeigefinger über die glänzende Oberfläche und betrachtete die Brosche in all ihren Einzelheiten: den roten Hintergrund und darauf Kasimir mit seinem großen schwarz-braun-weiß gefleckten Kopf, den dunklen Teddyaugen, den kräftigen Beinen und dem buschigen Schwanz. Und dann breitete sich Majas Grübchenlächeln über ihrem Gesicht aus.

»Oh, wie toll! Die Brosche sieht wirklich genauso aus wie Kasimir! Hast du die selber gemacht?«

Selma nickte. Ihr fiel ein Stein vom Herzen.

In dem Augenblick trottete Kasimir ins Wohnzimmer, steuerte zielstrebig auf Maja zu und leckte ihr versöhnlich die Hand.

Maja versuchte, eine böse Miene zu machen, aber das wollte ihr nicht so richtig gelingen. Denn eigentlich hatte sie ihrem Hund längst verziehen.

»Ich bin dir nicht mehr böse, mein Stinker«, sagte sie.

Kasimir schien zu verstehen, was sie sagte, zumindest wedelte er freudig mit dem Schwanz.

Kurz darauf versammelten sich alle Kinder um eine große alte Holztruhe.

»Hiermit erkläre ich den Kostümwettbewerb für eröffnet!«, sagte Maja feierlich und machte mit ihren Fingern einen Trommelwirbel in der Luft. »Wer sich am besten verkleidet, der gewinnt eine Wundertüte. Auf die Plätze, fertig, los!«

Alle stürzten sich gleichzeitig auf die Truhe und rangelten darum, als Erstes darin stöbern zu dürfen: Masken, Röcke, Schals, bunte Handschuhe, Lametta, Hosenträger, leuchtende Krawatten, übergroße Sonnenbrillen, Badelatschen … Eva und Nele schienen genau zu wissen, was sie anziehen wollten. Selma beneidete sie ein wenig. Die Auswahl war so riesig, dass sie sich schwertat, etwas auszusuchen. Schließlich entschied sie sich für eine regenbogenfarbene Strumpfhose, eine rote Perücke, einen Sonnenhut und eine Clownsnase.

Maja tauschte ihre Krone gegen einen grauen Turban, zog sich Taucherflossen und eine Muschelkette an und trug blauen Lippenstift auf.

Marre wühlte ratlos in der Truhe herum.

»Was ist denn los mit dir?«, fragte Selma. »Macht dir das Verkleiden keinen Spaß?«

»Da sind ja fast nur Mädchensachen drin«, erwiderte er und zog ein rosa Tutu heraus. Doch plötzlich schien ihm etwas einzufallen. Er sah sich verschwörerisch um, dann flüsterte er Selma zu: »Ich hab übrigens noch mal über die Schatzkarte nachgedacht. Wollen wir in die Hütte gehen und danach suchen?«

Selma nickte. »Von mir aus gleich morgen! Aber Maja will da ja auf keinen Fall rein, weil sie an den Geist glaubt … Hast du denn gar keine Angst mehr?«

Marre zuckte verlegen mit den Schultern. »Ich würde wirklich gerne wissen, ob es diese Karte tatsächlich gibt. Meinst du, wir kriegen Maja noch überredet?«

In dem Augenblick hopste Maja aufs Sofa und winkte ihre Gäste zu sich herüber. »Seid ihr alle so weit? Jetzt entscheidet sich, wer den Kostümwettbewerb gewinnt!«

»Na toll«, schnaufte Marre. »Aber ich hab doch noch gar kein Kostüm.«

»Guck mal hier!« Selma griff nach einer einfachen Pappmaske, auf die das Gesicht eines Panthers gedruckt war, und setzte sie ihm auf.

Marre flitzte zum Spiegel im Flur und kam kurz darauf wieder zurück.

»Die ist ganz cool«, gab er zu. »Meinst du, wir finden noch einen passenden Schwanz dazu?«

»Bestimmt! Und vielleicht hat Maja noch einen schwarzen Mantel oder einen Umhang. Du brauchst ja auch ein Fell!«

Einen schwarzen Mantel konnten sie in der Kiste zwar nicht finden, dafür aber ein rosa T-Shirt. »Dann bist du eben ein pinker Panther«, schlug Selma grinsend vor. »Das ist eine ganz seltene Tierart.«

Marre gefiel die Idee, und er kombinierte die Maske mit dem T-Shirt und dem Tutu, das er vorhin noch so doof gefunden hatte. Für den Schwanz des Panthers befestigten sie eine pinke Strumpfhose am Bund des Tutus.

»Gar nicht mal so übel!«, sagte Marre stolz.

Am Ende fiel Maja die Entscheidung, welches Kostüm am schönsten war, so schwer, dass sie *alle* zu Gewinnern krönte.

Dann ging es zur Eisdiele. Schon auf dem Weg dorthin zog die kleine Geburtstagsgruppe sämtliche Blicke auf sich: Die Inselbewohner staunten nicht schlecht, einer quirligen Horde, bestehend aus einem Seeungeheuer, einem Clown, einer Prinzessin, zwei exotischen Tieren, einer Meerjungfrau und einem Superhelden, zu begegnen. Nur Majas Mutter Simmi trug ganz normale Klamotten.

»Was gucken die denn alle so? Haben sie etwa noch nie einen pinken Panther gesehen?«, fragte Marre grinsend.

Der kleine Trupp bog kichernd auf die Hafenpromenade ab und steuerte die Eisdiele an.

»Seht mal, ein Straßenzug!«, rief ein Tourist seiner Familie zu. »Toll, was die sich hier auf der Insel alles einfallen lassen.«

Da kicherte die Geburtstagsrunde noch lauter.

Beim Betreten der Eisdiele stellte sich ihnen eine ältere Dame mit ausladendem Strohhut und dicker Sonnenbrille in den Weg.

»Das ist ja ein Bild für die Götter!« Sie wurschtelte hektisch in ihrer Handtasche herum. »Darf ich euch fotografieren? Für meine Enkelin!«

Abenteuer-Spaziergänge machen hungrig. Darum verdrückten Maja und ihre Freunde insgesamt dreiundzwanzig Eiskugeln, haufenweise Schlagsahne, Unmengen an bunten Streuseln, eine Flasche Schokosoße und mindestens zwei Handvoll Marshmallows.

Selma wischte sich mit dem Handrücken Schokosoße aus dem Gesicht. »Ich bin so vollgegessen, dass ich mich gar nicht mehr bewegen kann.«

»Ich auch nicht«, sagte Majas Freundin Eva, während sie sich das letzte Stück Eiswaffel in den Mund schob.

»Das müsst ihr aber«, sagte Simmi lachend. »Majas Papa baut zu Hause im Garten gerade einen Barfußparcours für euch auf. Der wird euch gefallen!«

Anleitung für einen Barfußparcours

Majas Barfußparcours hat allen sehr viel Spaß gebracht. Dabei läuft man mit verbundenen Augen über Stock und Stein. Und weil man nicht sehen kann, worauf man läuft, fühlt sich alles ganz ungewohnt und spannend an. Manchmal kann es sogar richtig kitzeln! Macht doch mal euren eigenen Barfußparcours im Garten oder im Park.

Ihr braucht:

- Gartenvlies oder eine Abdeckplane
- ein Tuch zum Verbinden der Augen
- Sand oder Sägespäne
- kleine Kieselsteine
- trockene Blätter
- Moos oder gemähtes Gras
- Matsch
- Eicheln, Walnüsse oder Kastanien
- kleine Zweige
- Baumrinde
- eine Fußmatte oder Stroh
- weitere Dinge, die euch einfallen

So geht's:

1. Breitet die Plane auf einer freien Grasfläche aus. Verteilt anschließend die einzelnen Materialien nacheinander und großflächig auf der Plane.

Tipp: Je unterschiedlicher die Materialien sind, die aufeinander folgen, desto besser. Zum Beispiel erst Sand, dann Zweige, anschließend Matsch und eine Fußmatte, gefolgt von Kastanien oder Walnüssen und zu guter Letzt Moos und Gras. Nach etwas sehr Hartem solltet ihr euren Füßen immer etwas Weiches gönnen.

2. Verbindet eurer Freundin oder eurem Freund mit einem Tuch die Augen, und führt sie oder ihn an der Hand vorsichtig über den Parcours. Werden alle Dinge erraten, die es zu überqueren gilt?

Der Tag, an dem Kasimir verschwand

Für Selma war der Barfußparcours neben Majas Freude über ihr Geschenk so ziemlich das Beste am ganzen Geburtstag gewesen! Das ungewohnte Gefühl, nicht zu sehen, worüber man lief, hatte ihr gefallen. Selma hatte sich insgeheim vorgestellt, sie sei auf geheimer Mission und müsse eine ganz schwierige Landschaft durchqueren, um ein Robbenbaby zu retten.

Auch Marre hatte der Parcours gefallen. Am nächsten Tag schlug er den Mädchen vor, das Spiel im Wald zu wiederholen. »Wir müssen ja nur etwas zum Augenverbinden mitnehmen und laufen dann barfuß im Wald!«

Selma und Maja fanden die Idee super.

Zusammen mit Kasimir gingen die Kinder durch den Wald und suchten nach einer geeigneten Stelle für den Parcours. Überall roch es nach feuchter Erde und würzigem Moos. Auf den Blättern der Bäume und Sträucher hingen letzte Wassertropfen vom nächtlichen Regen, die wie kleine Glitzersteine im Sonnenlicht schimmerten, und der Boden war

an manchen Stellen noch matschig. Kasimir schien genau das besonders gut an ihrem Ausflug zu gefallen. Er tobte um die drei Freunde herum, dass es nur so spritzte.

Mit gerunzelter Stirn blieb Maja stehen und pfiff laut auf den Fingern. »Kasimir, hierher!«

Doch der Hund wälzte sich ungerührt im Schlamm.

»Der wird nachher eine ordentliche Dusche brauchen«, sagte Selma und musste grinsen.

Maja pfiff erneut.

Kasimir, der mittlerweile von oben bis unten verdreckt war, sprang auf, sah nur kurz zu ihnen herüber und stürmte dann in die entgegengesetzte Richtung davon.

»Halt, lauf doch nicht weg!«, rief Maja ihrem Hund hinterher.

»Tja, da hilft wohl nur eines«, sagte Marre. »Hinterherrennen. Wer zuletzt bei Kasimir ist, ist eine stinkende Kröte!« Ohne auf eine Reaktion der anderen zu warten, preschte er los.

»So einfach gewinnst du nicht!« Selma rannte ihm hinterher. Wie ein flinker Hase sprang sie kreuz und quer über Baumwurzeln und bemooste Steine.

Bald hatte Selma Marre eingeholt, doch er gab sich noch nicht geschlagen. Kasimir war mittlerweile in einiger Entfernung stehen geblieben und sah ihnen interessiert entgegen. Die letzten Meter zu ihm lieferten sich Selma und Marre ein wildes Kopf-an-Kopf-Rennen.

»Gewonnen!« Selma riss triumphierend die Arme hoch.

Kasimir bellte und sprang fröhlich herum.

»Aber so schnell wie du ist natürlich niemand«, sagte Selma und wich gerade noch rechtzeitig Kasimirs matschigen Pfoten aus.

Marre zeigte lachend mit dem Finger auf Maja, die mittlerweile auch bei

ihnen war, und rief: »Du bist eine stinkende Kröte! Du bist eine stinkende Kröte!«

Maja griff nach Kasimirs Halsband. »Nächstes Mal musst du tun, was ich sage«, rügte sie ihn. »Das haben wir doch schon so oft in der Hundeschule geübt. Mach Sitz, Kasimir.«

Aber Kasimir hob nur horchend den Kopf und stürmte dann bellend davon.

»Was ist denn heute nur los mit ihm?«, fragte Selma verwirrt.

Sie versuchten wieder, ihm hinterherzurennen, aber dieses Mal war der Hund schon bald außer Sichtweite.

»Was mache ich denn jetzt?«, fragte Maja verzweifelt. »Eigentlich darf ich ihn gar nicht ohne Leine im Wald laufen lassen. Mama und Papa haben es verboten, weil er noch so jung ist.«

»Keine Sorge, wir finden ihn, ganz bestimmt«, antwortete Selma.

Sie liefen weiter in die Richtung, in die Kasimir davongestürmt war, und riefen abwechselnd seinen Namen. Irgendwo würde schon gleich sein freundliches Gesicht auftauchen, da war sich Selma sicher.

»Kasimiiir!«, brüllte Maja in den Wald hinein.

Aber es half alles nichts: Kasimir blieb verschwunden.

Schließlich ließ Maja sich erschöpft auf einen Stein plumpsen. »Was ist, wenn Kasimir etwas passiert ist?« In ihren Augen glitzerte es verdächtig, und dann liefen auch schon dicke Tränen über ihre Wangen.

Selma setzte sich zu ihr und versuchte sie zu beruhigen: »Vielleicht kommt er ja gleich wieder zurück. Er kann uns bestimmt besser aufspüren als wir ihn. Der will sich nur mal kurz austoben.«

»Und wenn nicht? Er könnte irgendwo liegen und sich verletzt haben oder … oder …« Maja schluchzte so sehr, dass sie am ganzen Körper zitterte.

»Du musst deinen Hund eben besser erziehen«, sagte Marre. »Er macht doch immer, was er will. Denk nur mal an die Pfannkuchentorte.«

Schlagartig hörte Maja auf zu schluchzen und sprang auf. »Du bist gemein! Was weißt du schon von Hunden?«, rief sie. »Kasimir ist noch jung und verspielt, da ist es normal, dass er noch nicht so gut auf mich hört.«

Selma stellte sich hastig zwischen die beiden und hob schlichtend die Hände. »Bitte nicht streiten! Marre hat das doch nicht böse gemeint«, sagte sie bestimmt. »Aber es stimmt schon, Kasimir muss noch viel lernen.«

Maja sah Selma entgeistert an. »Fängst du jetzt auch noch an? Bist du eigentlich seine Freundin oder meine?«

»Aber Maja, ich …«

Doch Maja hörte ihr gar nicht mehr zu. »Auf so eine Freundin wie dich kann ich verzichten. Lass mich einfach in Ruhe!« Und dann rannte sie davon.

»Maja, bleib doch stehen!«, rief Selma unglücklich und wollte ihr hinterherlaufen, aber Marre hielt sie auf.

»Ich glaube, sie will jetzt wirklich nicht mit uns reden.«

Selma wusste, dass er recht hatte. Wenn Maja wütend war, ließ man sie am besten eine Weile allein.

»Warum musstest du das auch so besserwisserisch sagen?«, fragte sie. »Das war unfair.«

Marre sah betreten zu Boden.

Selma wischte sich verstohlen eine Träne aus dem Gesicht. Jetzt machte sie sich nicht mehr nur Sorgen um den Hund, sondern auch um Maja.

»Komm«, sagte Marre leise. »Wir suchen noch ein bisschen weiter nach Kasimir.«

Der Nachmittag verging, und von Kasimir fehlte noch immer jede Spur. Schließlich gaben Selma und Marre die Suche auf und machten sich auf den Nachhauseweg. Als sich die beiden verabschiedeten, herrschte in Selmas Kopf ein wildes Durcheinander: War sie wirklich eine schlechte Freundin? Würde Maja jemals wieder mit ihr reden? Was, wenn Kasimir tatsächlich etwas zugestoßen war? Selma hoffte ganz fest, dass Maja ihren Hund inzwischen gefunden hatte oder er von allein zurückgekommen war.

Als Selma das Haus ihrer Großeltern erreichte und die Haustür hinter sich zuzog, steckte Oma Erika ihren Kopf aus der Küche.

»Da bist du ja endlich! Ich hab mir schon …« Sie hielt inne und sah ihre

Enkelin erschrocken an. »Schatz, ist was passiert?«, fragte sie besorgt und lief auf Selma zu.

Als Oma Erika ihren Arm um sie legte, fing Selma an zu weinen.

»Was ist denn nur los?« Oma Erika strich sanft über Selmas krauses Haar.

Mittlerweile stand auch Opa Olle im Flur und räusperte sich. »Ich glaube, ich weiß, worum es geht«, sagte er. »Und ich habe eine gute Nachricht für dich, Selma. Gerade hat Majas Vater angerufen. Kasimir ist wieder zu Hause, soll ich dir ausrichten. Johan hat ihn im Wald gefunden, als er auf Hummelmission unterwegs war. Anscheinend hat Kasimir wie wild in einem Kaninchenbau herumgebuddelt. Nachdem Johan sich brüderlich ein Leberwurstbrot mit ihm geteilt hat, konnte er den kleinen Vielfraß nach Hause bringen.«

Selma atmete auf. Was für ein Glück, Kasimir ging es gut! Doch auch wenn ihr ein großer Stein vom Herzen fiel, war sie noch immer traurig über das, was Maja gesagt hatte. Schniefend erzählte sie ihren Großeltern von dem Streit. Die beiden hörten ihr aufmerksam zu.

»Auch die besten Freundinnen streiten sich manchmal.« Oma Erika drückte Selmas Hand. »Ich glaube, es steckt noch etwas anderes dahinter. Für mich klingt das ganz danach, als ob Maja sich ein bisschen vernachlässigt von dir fühlt.«

Sie zog ihre Enkelin in die Küche und setzte einen Topf mit Milch auf.

»Ihr habt schon lange nichts mehr alleine

unternommen, oder? Marre ist ein netter Kerl, und ihr versteht euch ja auch prima. Aber ich kann verstehen, wenn Maja ein bisschen eifersüchtig ist. Ihr seid schließlich seit Ewigkeiten beste Freundinnen, und plötzlich macht ihr alles nur noch zu dritt.«

Selma sah überrascht auf. Darüber hatte sie noch gar nicht nachgedacht. »Glaubst du wirklich?«

Oma Erika nickte und rührte Kakaopulver in die inzwischen heiße Milch. »Was ihr beide jetzt braucht, ist ein Tag nur für euch. Ruf Maja doch morgen früh mal an. Ich bin mir ziemlich sicher, dass sie immer noch deine beste Freundin sein will.«

Oma Erika stellte einen Becher dampfenden Kakao vor Selmas Nase. »So, jetzt trinkst du deinen Sorgen-weg-Kakao, und dann sieht die Welt gleich viel besser aus. Du wirst sehen.«

Einmal umblättern für
Oma Erikas Kakao-Rezept. →

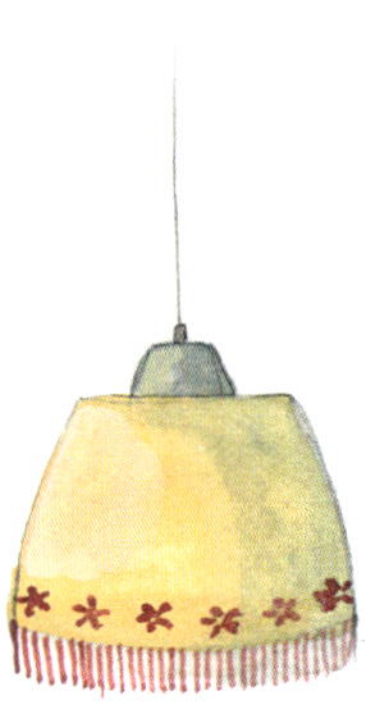

Rezept für Oma Erikas Sorgen-weg-Kakao

Jeder hat ihn mal: diesen Tag, an dem einen etwas bedrückt. Was auch immer euch heute Sorgen bereiten sollte – eine Tasse von Oma Erikas Sorgen-weg-Kakao macht alles wieder gut, versprochen!

Zutaten für 2 Portionen:

400 Milliliter Milch · 3 bis 4 gehäufte Teelöffel Kakaopulver (Backkakao) · 3 bis 4 Teelöffel Rohrzucker · 1 Prise gemahlener Zimt · 1 Prise gemahlener Kardamom

Was ihr sonst noch braucht:

Topf · Esslöffel · Holzkochlöffel · Messbecher · zwei Tassen

1. Erwärmt die Milch langsam in einem Topf und rührt anschließend das Kakaopulver, den Zucker und die Gewürze ein.

2. Verteilt die Milch auf zwei Tassen und lasst den Kakao ein bisschen abkühlen, bevor ihr ihn trinkt.

Tipp: Wer mag, kann seinen Kakao noch mit einer Haube aus Schlagsahne verfeinern.

Beste Freundinnen unter sich

Selma schloss ihr mintgrünes Inselfahrrad in der Nähe der einsamen Dünen ab und suchte sich dann einen Weg zum Strand herunter. Dort, wo ein gewaltiger Steinfels bis ins Meer hineinragte, hatten Maja und sie im vergangenen Jahr eine kleine Höhle entdeckt und zu ihrem geheimen Ort gemacht. Sie lag hinter hohem Dünengras verborgen und nur wenige Meter von den Dünen entfernt. Niemand wusste von ihrem Versteck, nicht einmal Selmas Großeltern. Viele Nachmittage hatten sie dort schon verbracht und ihre neusten Strandfunde darin versteckt.

Doch in diesem Sommer waren sie noch kein einziges Mal hier gewesen.

Vielleicht hatte sie Maja in der letzten Zeit tatsächlich etwas vernachlässigt, dachte Selma. Ob sie wirklich zur Höhle kommen würde? Am Telefon hatte sie kaum mehr als Hallo, Ja und Tschüs gesagt. Selma schluckte. So doll wie gestern hatten sie sich noch nie gestritten.

Vor der Höhle sah sie sich noch mal um: Niemand war weit und breit in Sicht, nicht mal eine Möwe flog über das Meer. Sie war ganz allein.

Plötzlich hörte Selma, wie eine leise Stimme aus der Höhle rief: »Ich bin hier drinnen!«

Ihr Herz machte einen kleinen Hüpfer, und sie trat in die Höhle hinein.

Es dauerte eine Weile, bis sich ihre Augen an die Dunkelheit gewöhnt hatten und sie Maja und Kasimir erkannte.

»Hallo, Maja, ich dachte schon, du kommst nicht.«

»Willst du mal was Tolles sehen?«, fragte Maja, anstatt zu antworten.

Selma nickte.

»Kasimir, Rolle!« Maja machte eine Drehbewegung mit ihrer Hand.

Der große Berner Sennenhund gehorchte sofort: Er knickte Vorder- und Hinterbeine ein, legte sich in den Sand und wälzte sich einmal rundherum auf dem Boden.

»Das ist ja toll!« Selma streichelte Kasimir über den Kopf. »Ich wusste gar nicht, dass er diesen Trick kann.«

»Hab ich ihm auch erst vor Kurzem beigebracht«, sagte Maja stolz.

Erst jetzt fiel Selma die Hundebrosche an Majas Bluse auf, die sie ihr zum Geburtstag geschenkt hatte. Selma musste lächeln. Vielleicht waren sie ja doch noch beste Freundinnen?

»Es tut mir leid, was gestern im Wald passiert ist«, fing Selma an. »Und ... und ich wollte dir nur sagen, dass du meine allerbeste Freundin bist.«

Maja lächelte. »Und du bist meine allerbeste Freundin!« Sie machte eine kleine Pause, bevor sie fortfuhr: »Es tut mir auch leid, was ich gestern gesagt habe ... Ich war nur so sauer, weil Marre immer so tut, als wüsste er alles besser.«

»Stimmt, aber er meint es nie böse«, sagte Selma schnell.

Und dann umarmte Maja sie so fest, dass Selma ihre Brosche an der Brust spüren konnte.

Die beiden blieben noch eine Weile am Strand, sammelten Muscheln und fanden eine neue Blume für Selmas Herbarium: wunderschön gelb blühenden Hornklee. So rasch, wie der Streit über sie hereingebrochen war, so schnell war er auch wieder vergessen.

»Lass uns nach Hause gehen und Freundschaftsbändchen knüpfen«, schlug Selma vor. »Ich mache dein Armband und du meins.«

»Und wenn sie fertig sind und wir sie uns umbinden, dürfen wir sie nie mehr abnehmen. Nicht mal zum Baden!«, rief Maja begeistert.

»Willst du heute auch bei mir übernachten?«, fragte Selma.

»Au ja! Lass uns schnell noch bei mir vorbeifahren und Bescheid sagen«, antwortete Maja. »Darf Kasimir auch mitkommen?«

»Na klar!«

Zu Hause bei Selma angekommen, stob Kasimir einmal quer durch den Garten.

»Willst du mir vielleicht helfen, Kasimir?«, fragte Oma Erika lachend, die gerade ihr Gemüsebeet umgrub. »Ich habe gehört, dass du ein Weltmeister im Buddeln bist.«

»Dürfen Maja und ich Stickgarn aus deinem Nähkästchen nehmen?«, fragte Selma. »Wir wollen Freundschaftsarmbänder knüpfen.«

»Das ist eine schöne Idee. So was brauchen beste Freundinnen unbedingt.« Oma Erika zwinkerte Selma zu. »Nehmt euch, was ihr braucht. Ich passe so lange auf diesen Racker auf.«

Die Mädchen gingen ins Haus und zogen im Wohnzimmer das große Nähkästchen von Oma Erika hinter dem Sessel hervor.

»Du willst dein Armband bestimmt in Rosa haben, oder?« Selma öffnete das Nähkästchen und wühlte eifrig darin herum.

»Rosa und Rot! Und gibt's auch Pink?« Maja sah Selma über die Schulter.

»Klar!« Selma legte für Maja Stickgarn in den gewünschten Farben beiseite und nahm für ihr eigenes Armband Stickgarn in Hellblau, Dunkelblau und Türkis heraus.

»Obwohl … Grün ist auch schön. Mhhh …«, überlegte Selma laut. »Ach, weißt du was? Wir nehmen einfach alle Farben mit in den Garten.«

Mit Garn, Pappe, Stiften, Klebeband und einer Schere bepackt liefen sie über den Flur, als sie Opa Olle leise in der Küche murmeln hörten. Selma und Maja wechselten einen neugierigen Blick. Mit wem flüsterte er denn da so geheimnisvoll? Sie lugten vorsichtig durch die leicht geöffnete Tür.

Selma traute ihren Augen kaum. Ihr Opa kniete mitten auf dem Fußboden und beugte sich über das grau getigerte Wollknäuel.

»Na, schmeckt es unserem kleinen Nisse?«, fragte er und streichelte der Katze sanft über den Rücken. »Ich weiß doch, dass du Hühnersülze am liebsten magst. Opa Olle kümmert sich um dich.«

Maja fing an zu kichern.

»Psst!«, machte Selma und legte schnell den Zeigefinger an den Mund. Dabei entglitt ihr die Schere und polterte laut zu Boden.

Opa Olle blickte erschrocken zur Tür, stand hastig auf und verscheuchte das Kätzchen.

»Wir sind es nur, Opa«, sagte Selma grinsend. Bildete sie es sich ein, oder war er tatsächlich etwas rot um die Ohren?

»Dann ma' schnell raus mit euch! Das Wetter ist viel zu schön, um hier drinnen rumzusitzen«, grummelte Opa Olle. »Ich wollte mir gerade einen Kaffee kochen, darum bin ich in der Küche. Ich bring euch gleich noch Limonade raus.«

Als die Mädchen im Garten waren, prusteten sie los.

»Vielleicht mag er die Katze ja doch?«, überlegte Selma.

»Immerhin gibt er ihr einen Namen!« Maja hob vielsagend die Augenbrauen.

Der Nachmittag verging wie im Flug, und das Bänderknüpfen machte sehr viel Spaß. Selma genoss es, mit Maja unter dem großen Apfelbaum zu sitzen und Limonade zu trinken, während Kasimir auf dem Rasen einen alten Fußball zerkaute. Alles fühlte sich wieder genauso an wie früher.

Nur eine Sache bedrückte Selma immer noch. Nachdem die beiden Freundinnen abends zusammen ins Bett geschlüpft waren und Selmas Kuscheltiere für die Nacht gebettet hatten, setzte sie sich noch einmal auf und schaute zu ihrer Freundin. Maja lag verkehrt herum im Bett, mit dem Kopf am Fußende, und streichelte gerade Kasimir über den Kopf, der es sich auf dem Boden gemütlich gemacht hatte.

»Maja?«

»Ja?«

»Bitte sei nicht mehr böse auf Marre. Ich glaube, es tut ihm sehr leid, was gestern passiert ist.«

»Bin ich längst nicht mehr«, sagte Maja. »Ich mag Marre – auch wenn er manchmal eine ziemliche Nervensäge sein kann.« Sie grinste breit. »Trotzdem fand ich es schön, heute mal was mit dir alleine zu unternehmen.«

»Stimmt, total«, sagte Selma. »Schlaf gut.«

»Du auch«, antwortete Maja.

Eine Weile war es still. Aber dann fiel Maja noch etwas ein.

»Du … Selma?«

»Hmm?«

»Glaubst du, Marre würde sich freuen, wenn wir mit ihm zum alten Fischerhaus gehen würden? Du weißt schon, die Hütte aus der Geschichte von Annegret. Er wollte die doch unbedingt erkunden …«

»Auf jeden Fall würde er sich freuen! Find ich super«, sagte Selma und lächelte in die Dunkelheit hinein.

Anleitung für ein Freundschaftsarmband

Ihr wollt unbedingt genauso schöne Freundschaftsarmbänder knüpfen wie Selma und Maja? Dann schaut euch mal diese Anleitung an!

Ihr braucht:

- ein Stück feste Pappe
- eine Schere
- einen Stift
- breites Klebeband
- sieben Fäden Stickgarn in unterschiedlichen Farben (jeweils ungefähr 50 Zentimeter lang)

So geht's:

1. Als Erstes malt ihr einen Kreis auf die Pappe.

Tipp: Nehmt eine Tasse, ein Glas oder den äußeren Rand von eurer Klebeband-Rolle, um damit einen gleichmäßigen Kreis nachzuzeichnen.

2. Schneidet den Kreis anschließend aus und malt darauf eine Art Spinnennetz mit insgesamt vier durchgehenden Linien, die sich in der Mitte treffen. Es ist wichtig, dass es so aussieht wie hier auf dem Bild.

3. Jetzt schneidet ihr mit eurer Schere die einzelnen Linien etwa einen Zentimeter lang ein. Die Linien dürfen nicht bis zur Mitte des Kreises eingeschnitten werden! Danach bohrt ihr mit der Scherenspitze ein kleines Loch in die Mitte der Scheibe, dort, wo alle Linien zusammenlaufen.

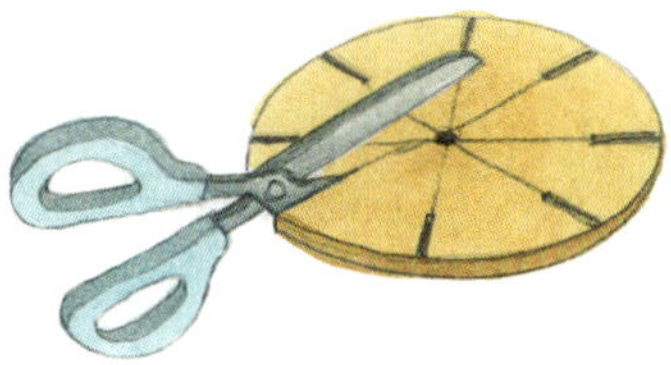

4. Zieht eure Fäden durch das Loch und verknotet sie an einem Ende miteinander. Nun könnt ihr den Knoten auf der Rückseite eurer Scheibe mit Klebeband befestigen.

5. Legt jeweils einen Faden in einen der acht Schlitze, sodass zum Schluss nur noch ein Schlitz ohne Faden ist. Dreht die Scheibe so lange nach rechts, bis der freie Schlitz zu euch zeigt.

6. Nehmt den Faden oben links aus seinem Schlitz heraus und legt ihn in den leeren Schlitz, der zu euch guckt. Dreht die Scheibe so lange nach rechts, bis der leere Schlitz wieder zu euch guckt.

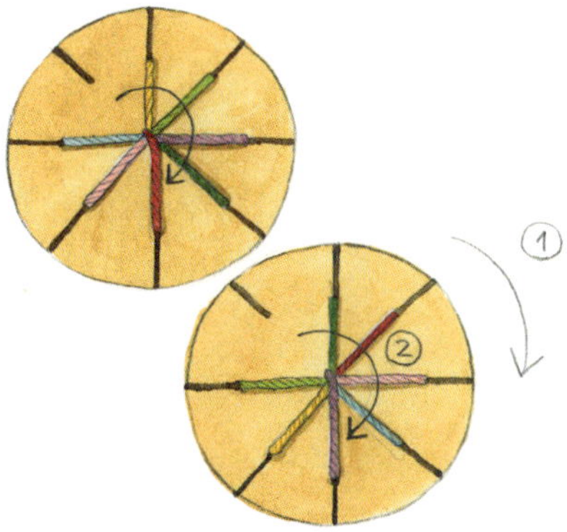

7 Als Nächstes nehmt ihr wieder den Faden oben links aus seinem Schlitz und legt ihn in den leeren Schlitz, der zu euch zeigt. Dreht die Scheibe erneut so lange nach rechts, bis der leere Schlitz zu euch guckt. Das wiederholt ihr so lange, bis auf der anderen Seite der Scheibe das Freundschaftsarmband lang genug für euer Handgelenk ist. Dann könnt ihr alle Fäden aus den Schlitzen lösen und sie am Ende verknoten.

Der Geist im Fischerhaus

Selma wippte nervös mit den Füßen, während sie auf Maja und Marre wartete. Am Himmel drängten sich bauschige Schäfchenwolken dicht aneinander. Ihre Schatten ließen das verlassene Fischerhaus besonders gespenstisch aussehen. Die Hütte thronte auf einer kleinen Holz-Plattform im Meer, die nur durch einen schmalen Steg zu erreichen war.

Was sie darin wohl erwarten würde? Ein bissen unheimlich war Selma schon zumute – ob es den anderen beiden genauso ging? Dass ausgerechnet Maja vor ein paar Tagen diese wagemutige Erkundungstour vorgeschlagen hatte! Selma war sehr stolz auf ihre beste Freundin und wusste, dass sie sich damit bei Marre entschuldigen wollte. Im selben Moment entdeckte sie ihn.

»Bist du bereit für unsere Geister-Mission?«, begrüßte er Selma und setzte einen prall gefüllten Rucksack neben ihr ab.

»Na, und ob!«, antwortete Selma. »Dahinten kommt auch Maja!« Sie winkte ihrer Freundin zu und begutachtete Marres Gepäck. »Sag mal, wie lange willst du denn in der Hütte bleiben? Eine ganze Woche?«

»Ich habe wirklich nur das Nötigste eingepackt.« Marre zuckte mit den Schultern. »Zwei Taschenlampen, ein Vergrößerungsglas, eine Mappe für die Schatzkarte, Proviant für uns alle, Handschuhe, ein Seil, meinen leuchtenden Flummi – falls ein Ablenkungsmanöver nötig sein sollte – und eine Pfeife.«

»Ein Flummi? In der Hütte soll ein Geist wohnen, kein Hund«, prustete Selma los.

»Hallo!« Maja hatte die beiden inzwischen erreicht. »Da bin ich. Leider durfte ich Kasimir heute nicht mitbringen. Mama will heute noch mal seine Tollwutimpfung auffrischen, deswegen soll er sich danach etwas ausruhen.«

»Das macht nichts«, sagt Selma. »Es wird bestimmt nicht gefährlich. Kasimir braucht uns nicht zu beschützen.«

Marre schaute Maja an. »Ich finde es toll, dass wir das heute machen«, sagte er und guckte dann schnell zu Boden. »Tut mir leid, dass ich neulich so blöd zu dir war.«

»Schon gut«, antwortete Maja verlegen. »Ich war auch nicht besser.« Sie zeigte zur Hütte. »Glaubt ihr, wir finden dort wirklich die Schatzkarte, von der Selmas Opa erzählt hat?«

»Wir sind jedenfalls gut ausgestattet«, antwortete Marre. »Wenn die Karte da drin ist, finden wir sie.«

Vorsichtig überquerten die drei Freunde den knarzenden Steg, der zum Fischerhaus führte. Je näher sie der alten Hütte kamen, desto unheimlicher sah sie aus: Die einstige rote Farbe der Hausfassade war fast abgeblättert, und die Fenster hatte jemand mit großen Brettern vernagelt. An der morschen Haustür hing ein ausgeblichenes Schild, auf dem stand: *Betreten auf eigene Gefahr.*

In Selmas Magen grummelte es unbehaglich.

»Jetzt nur nicht kneifen«, sagte Marre, als er in Majas und Selmas Gesichter blickte.

Er drückte Maja eine der beiden Taschenlampen in die Hand und griff

nach der Türklinke. Die Tür klemmte, und Marre musste sich mit seinem ganzen Gewicht dagegenstemmen, um sie zu öffnen.

»Die Tür war auch schon mal zugenagelt«, bemerkte Selma und fuhr mit den Fingern über ein paar Kerben am Türrahmen.

Maja wich Selma keinen Zentimeter von der Seite. »Wir müssen zusammenbleiben, ja?«

»Klar«, sagte Marre, knipste seine eigene Taschenlampe an und ging voraus.

»Hast du eigentlich keine Angst?«, fragte Selma und folgte Marre vorsichtig ins Dunkel der Hütte.

»Doch«, gab er zu. »Aber ohne diese verflixte Schatzkarte wieder abzuhauen, wäre auch doof, oder?« Er versuchte zu grinsen.

Bei jedem Schritt knarrte und ächzte der alte Holzfußboden unter ihnen. Aber das war noch gar nichts im Vergleich zu dem Wind, der von draußen durch die Bretterwände pfiff. Vor der Hütte war ihnen der Wind gar nicht so sehr aufgefallen, schließlich wehte es immer auf der Insel. Aber hier drinnen klang er geradezu bedrohlich.

»Riecht ihr das?«, fragte Maja argwöhnisch und blieb stehen. »Was ist das? Riecht irgendwie nach …«

Selma nahm einen tiefen Atemzug. Es roch süßlich, aber auch muffig. »Keine Ahnung. Lasst uns die Karte suchen und dann schnell verschwinden.«

Die Lichter der zwei Taschenlampen huschten durch den Raum und warfen verzerrte Schatten an die Wände. Fast in jeder Ecke lagen Reusen und Fischernetze herum. Selma erkannte einen kleinen gusseisernen Ofen, ein Feldbett und einen Tisch mit zwei Stühlen. Über einer der Rückenlehnen hing ein dreckiger gelber Regenmantel.

»Hier sieht's aus, als würde der Fischer jeden Moment wiederkommen«, flüsterte Maja und zog unwillkürlich die Schultern hoch.

»Der ist doch schon lange tot«, antwortete Selma und versuchte tapfer zu klingen.

»Wo könnte die Schatzkarte versteckt sein?« Marre blickte sich um.

»Vielleicht dahinten im Bücherregal?« Maja leuchtete mit ihrer Taschenlampe ein kleines Wandregal an, das über dem Tisch hing.

»Guckst du nach, Marre?«, bat Selma.

»Meinetwegen«, murmelte er wenig begeistert.

Als Marre den Tisch erreichte, raschelte es plötzlich.

»Was war das?«, fragte Maja und grub ihre Finger in Selmas Arm.

»Bestimmt nur Mäuse«, versuchte Selma sie zu beruhigen, obwohl ihr selbst eine Gänsehaut über den Rücken lief.

Die Mädchen beobachteten, wie Marre langsam um den Tisch schlich.

Wieder ertönte das Rascheln. Diesmal noch lauter.

»Dahinten ist etwas!«, sagte Marre mit belegter Stimme und beleuchtete eine Kiste mit alten Reusen, die nur wenige Schritte von ihm entfernt stand. Er zögerte kurz und trat dann näher, die Taschenlampe weit von sich gestreckt.

Im selben Moment war ein tiefes, böses Fauchen zu hören.

Marre sprang erschrocken zurück. »Schnell weg hier!«, rief er und zog die Mädchen nach draußen.

Erst als die Tür hinter ihnen zufiel, wagten die drei, wieder zu atmen.

»Also, eine Maus war das sicher nicht«, stellte Marre fest.

»So etwas hab ich noch nie gehört«, sagte Selma und rieb sich den Arm. »Kein Mensch kann solche Geräusche machen, da bin ich mir ziemlich sicher! Es klang richtig wütend.«

»Das muss der Geist gewesen sein«, sagte Maja entschieden. »Vielleicht warst du ganz in der Nähe von der Schatzkarte, und er wollte verhindern, dass du sie findest.«

Marre schüttelte entschlossen den Kopf. »Geister sind doch nicht so klein, dass sie sich unter Fischerreusen verstecken können. Wahrscheinlich war es irgendein Tier, das da drin nistet. Lasst uns noch mal reingehen.«

»Machst du Witze?«, fragte Maja entsetzt. »Wie kannst du denn da noch mal reinwollen?«

»Du hast es ja selber gesagt.« Marres Hand lag schon an der Türklinke. »Vielleicht war ich ganz in der Nähe der Schatzkarte. Ihr könnt ja draußen bleiben, wenn ihr euch nicht traut.«

»Ich komme mit«, sagte Selma rasch. Sie war viel zu neugierig, um vor der Hütte zu warten.

Nur Maja blieb an der Türschwelle stehen. »Hier, nimm die Taschenlampe, Selma.«

»Wir sehen uns bloß das Regal an, und dann gehen wir. Versprochen!«

Selma folgte Marre nach drinnen.

Bis auf den Wind, der ums Haus pfiff, war es nun wieder still. Marre untersuchte die Ecke hinter dem Tisch, aus der die Geräusche gekommen waren. Dann schaute er hoch und lachte.

»Guck dir das mal an!«

Er beleuchtete den Fußboden und folgte mit dem Lichtkegel einem kleinen Tier, das fauchend unter das Feldbett floh.

»Ein Igel!«, rief Selma und atmete hörbar aus.

»Vielleicht hat er hier seinen Nistplatz. Im Spätsommer kriegen die immer ihre Jungen«, sagte Marre.

»Das erklärt auch die komischen Geräusche.« Maja war sichtlich erleichtert. Sie hatte sich doch wieder in die Hütte hineingewagt. »Wenn Igel sauer sind, klingen die echt gruselig! Mama hatte auch schon mal einen im Garten.«

Selma bückte sich vor dem Bett und leuchtete vorsichtig mit der Taschenlampe darunter. »Armes Kerlchen, wir wollten dich nicht erschrecken«, sagte sie mit sanfter Stimme. »Wir sind auch gleich wieder weg.«

»Selma, leuchte mit deiner Taschenlampe mal lieber hierher. Wir sollten das Regal untersuchen«, sagte Marre und begann, ein Buch nach dem anderen durchzublättern. »Das hab ich mal im Fernsehen gesehen. In Büchern werden oft wichtige Hinweise oder Codes versteckt.«

Maja und Selma halfen ihm, die Bücher durchzublättern.

»Ich hab was gefunden!«, rief Selma, nachdem sie ein großes vergilbtes Anglerbuch aufgeschlagen hatte. Sie griff nach einem gefalteten Stück Papier, das zwischen zwei Seiten lag, und spürte, wie ihr das Herz bis zum Hals schlug.

Die anderen beugten sich zu ihr herüber, als sie das Papier auffaltete.

»Seht ihr das?« Selma tippte mit einem Finger auf das Papier.

Jemand hatte darauf die groben Umrisse der Insel skizziert, eine Art Kompass in die rechte Ecke eingezeichnet – und drei Orte mit einem Kreuz markiert!

»Ich glaube, wir haben gefunden, was wir suchen!«

»Es scheinen sogar drei Schätze zu sein«, sagte Maja mit großen Augen.

»Stimmt, oder der Schatz besteht aus drei Teilen«, überlegte Selma.

»Dann wisst ihr ja, was morgen auf dem Plan steht, oder?«, fragte Marre in die Runde. »Wir gehen auf Schatzsuche!«

An diesem Abend bereitete sich jeder der drei Freunde auf seine ganz eigene Weise auf die bevorstehende Schatzsuche vor: Marre packte zusammen mit Johan die nötige Ausrüstung für ihre neue Mission zusammen. Maja übte mit Kasimir wichtige Kommandos, wie »Such« und »Bei Fuß«. Und Selma saß auf ihrem Bett und studierte die Schatzkarte eingehend.

»Ich bin so gespannt, was uns morgen erwartet, kleines Kätzchen.« Selma streichelte dem grauen Stubentiger, der sich an sie schmiegte, über den Kopf.

Der erste Schatz lag offenbar ganz in der Nähe der alten Fischerhütte. Jedenfalls war auf der Karte neben der Hütte ein Kreuz eingezeichnet worden. Dort würden sie ihre Suche morgen starten. Der zweite Schatz schien irgendwo am Rande des großen Waldes versteckt zu sein. Zumindest ging

Selma davon aus, denn die grobe Richtung stimmte, und neben das Kreuz war ein Baum gezeichnet, der sehr an den jahrhundertealten Baum erinnerte, der in der Nähe der Lichtung lag. Das Kreuz für den dritten Schatz war ungefähr dort, wo die einsamen Dünen und das Geheimversteck von ihr und Maja lagen. Daneben hatte jemand einen großen Stein gezeichnet. Obwohl Selma sich in dieser Gegend der Insel besonders gut auskannte, beschlich sie das Gefühl, dass mit dieser Markierung irgendetwas nicht stimmte.

Spukgeschichten-Spiel

Sich ab und zu mal so richtig gruseln macht sehr viel Spaß! Besonders, wenn man zusammen mit Freunden unter einer kuscheligen Decke steckt. Habt ihr Lust auf ein kleines Spukgeschichten-Spiel?

Ihr braucht:

- einen Würfel
- einen Zettel
- einen Stift (oder einen pro Mitspieler, siehe Tipp)
- ein Blatt Papier (oder eins pro Mitspieler, siehe Tipp)

So geht's:

1. Nehmt den Zettel und schreibt die Zahlen 1 bis 6 untereinander darauf. Dann schreibt oder malt ihr die folgenden Dinge hinter die entsprechenden Zahlen:

   1) eine Maus
   2) ein Gespenst
   3) einen Grabstein
   4) eine schwarze Katze
   5) einen Vampir
   6) eine verfallene Burg

2. Jetzt würfelt der erste Mitspieler. Die Augen auf dem Würfel verraten euch, um was es in seiner Spukgeschichte gehen soll. Wenn ihr euch nicht mehr sicher seid, könnt ihr auf dem Zettel nachgucken. Dann wird der Würfel weitergegeben.

3. Während die nächsten Mitspieler würfeln, denkt sich der erste schon mal seine Spukgeschichte aus.

4. Wenn alle sich ihre Spukgeschichte überlegt haben, erzählt ihr sie euch gegenseitig. Wer die gruseligste Spukgeschichte erzählen kann, hat gewonnen.

Tipp: Wer mag, kann auch noch ein Bild zu seiner Geschichte malen.

Die Schatzsuche

Als morgens die Möwen ihre ersten Runden über dem Meer drehten, war Selma schon eine ganze Weile wach. Plötzlich klingelte unten im Flur das Telefon. Selma sprang sofort aus dem Bett und lief aus dem Zimmer.

»Wer ruft denn in dieser Herrgottsfrühe an?«, hörte sie Oma Erika stöhnen, die gerade müde aus dem Schlafzimmer kam.

»Ich geh schon!«, rief Selma, flitzte die Treppe herunter und nahm den Hörer ab. »Hallo?«

»Selma, ich bin's«, sagte Marre geschäftig. »Du, ich hab jetzt folgende Sachen eingepackt: Schaufeln, Kescher, Taschenlampen, ein Seil, ein Taschenmesser, meinen Kompass, Papas GPS-Gerät für alle Fälle und meine Karabinerhaken. Was, glaubst du, brauchen wir noch? Taucherflossen?« Das alles sprudelte in einem atemberaubenden Tempo aus ihm heraus.

Selma grinste. »Also, Taucherflossen brauchen wir bestimmt nicht. Und was willst du mit einem Kescher?«

»Hmm, okay«, lenkte Marre ein. »Die Flossen lasse ich hier. Aber der Kescher kommt mit! Dann bis später.« Und schon hatte er wieder aufgelegt.

Selma schüttelte den Kopf.

»War das Marre?«, fragte Oma Erika und richtete sich ihre Haare.

Selma nickte. »Er will einen Kescher zur Schatzsuche mitnehmen.«

Opa Olle stand inzwischen auch im Schlafanzug im Flur. »Also, ich denke, so was könnte euch sicher helfen.« Er gähnte, zuckte mit den Schultern und schenkte ihr ein geheimnisvolles Lächeln.

»Habt ihr denn schon eine Idee, wo ihr suchen müsst?«, fragte Oma Erika.

»Ja, in der Nähe vom alten Fischerhaus, beim jahrhundertealten Baum im Wald …« Während Selma sprach, sah sie aus den Augenwinkeln, wie Opa Olle unmerklich nickte. »Und dann soll noch ein Teil des Schatzes bei den Dünen sein, aber das kann nicht stimmen«, beendete Selma ihren Satz.

Opa Olle hielt in seinem Nicken inne und runzelte die Stirn. »Wie meinst du das?«, fragte er.

»Warte, ich hole schnell die Karte«, sagte Selma, polterte die Treppe hoch in ihr Zimmer, schnappte sich die Schatzkarte vom Nachttisch und rannte wieder nach unten.

»Schaut mal. Neben das Kreuz, das ungefähr dort ist, wo die einsamen Dünen liegen, ist ein großer Stein gemalt. Aber bei den Dünen gibt es keine großen Steine. Das muss der Meerjungfrauen-Stein bei der Steinbucht sein. Opa hat ihn mir mal gezeigt. Er heißt so, weil darauf angeblich immer bei Vollmond eine Meerjungfrau sitzt, die für die Inselbewohner singt.«

»Zeig mal her«, sagte Opa Olle unwirsch und nahm ihr die Karte aus der Hand. Dann schaute er verblüfft auf. »Du hast recht. Das ist falsch eingezeichnet!«

»Tja, sieht ganz so aus, als ob der Zeichner dieser Schatzkarte es nicht so genau genommen hat, hmm?« Oma Erika lachte. »Gut, dass du so mitdenkst, Selma. Ich bin gespannt, was ihr findet!«

Opa Olle räusperte sich. »Äh, ja, ich auch. Selma, bevor du die Segel hisst … Ich dachte mir, wenn ihr zurück seid, könnten wir ein schönes Schatzsucher-Lagerfeuer am Strand machen und Stockbrot essen. Bringt also guten Hunger mit!«

»Stellt euch mal vor, wir würden Goldmünzen von einem versunkenen Piratenschiff finden!«, überlegte Selma, als sie mit ihren Freunden, wie schon am Tag zuvor, den Steg zum Fischerhaus entlanglief. Dieses Mal war Kasimir mit dabei und trottete schwanzwedelnd neben Maja her.

»Ich tippe eher auf Trophäen, die der Seemann in seinem Leben angesammelt hat«, sagte Marre. »Zum Beispiel Haifischzähne oder die Flosse eines Seeungeheuers!«

Maja schüttelte sich. »Iiieh, wer will denn so was haben? Glaubt ihr, der Schatz ist verflucht?«

Selma blieb stehen, fasste ihre Freundin an beiden Händen und sah ihr tief in die Augen. »Maja, jetzt hör mir mal zu. Das gestern war ein Igel, okay? Es gibt keinen Geist hier.«

Maja nickte. »Okay«, sagte sie und strich Kasimir über den dicken Brummschädel.

»Moment mal!« Selma hatte etwas entdeckt. Sie zeigte auf eine der Stegplanken direkt vor ihnen. Darauf war mit roter Farbe ein Kreuz gepinselt. »Ich könnte schwören, dass das Kreuz gestern noch nicht da war.«

»Mir ist es gestern auch nicht aufgefallen«, sagte Maja.

»Vielleicht ist der erste Teil des Schatzes unter dem Steg versteckt«, murmelte Selma nachdenklich.

»Das könnte sein!«, rief Marre aufgeregt. Er legte sich bäuchlings auf den Steg und senkte seinen Kopf so tief, dass er unter die Holzbretter gucken konnte. Dann richtete er sich wieder auf und sah die beiden trium-

phierend an. »Da unten ist ein kleines Päckchen mit einem Seil an einem der Pfosten befestigt. Kommt schnell!«

»Tatsächlich!«, sagte Selma. Gespannt sah sie zu, wie Marre kopfüber begann, das Päckchen loszuknoten.

Vor lauter Aufregung glitt es ihm aus den Händen und platschte ins Wasser! Aber sie hatten ja einen Kescher dabei. Maja fischte das Päckchen, das zum Glück in eine wasserdichte Plastiktüte gewickelt worden war, damit heraus.

»Mach du es auf, Selma«, bat Maja. »Ich traue mich nicht.«

Auch Selma zitterten die Hände vor Aufregung, als sie das Päckchen nun vorsichtig aus der Folie befreite. Insgeheim hatte niemand von ihnen wirklich geglaubt, etwas zu finden.

Beim Anblick des Schatzes weiteten sich Selmas Augen. »Das gibt's doch nicht!«, rief sie und schüttelte verblüfft den Kopf. Sie hatten ein Kästchen mit antiken Angelhaken gefunden.

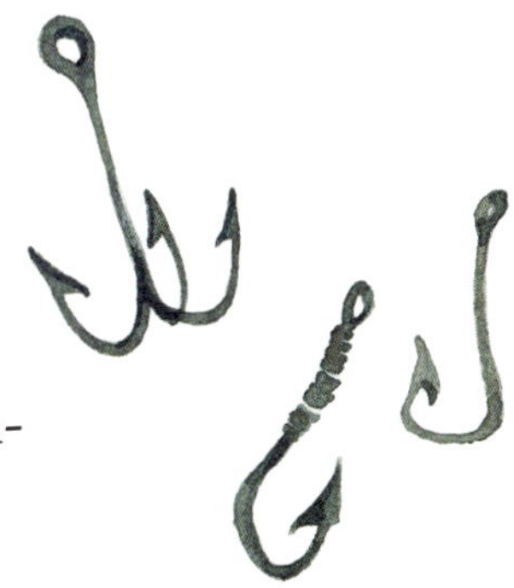

»Woow, die sind aber schön!« Marre nahm einen besonders kunstvoll geschwungenen Haken in die Hand.

»Findest du?« Maja wirkte ein wenig enttäuscht.

»Für mich ist das auch nichts«, sagte Selma und zuckte mit den Schultern. »Die sehen aber schon irgendwie besonders aus. Vielleicht sind sie richtig wertvoll! Wenn du willst, kannst du sie haben.«

»Wirklich?«, fragte Marre erstaunt. »Als wir mit deinem Opa angeln waren, habe ich ihm erzählt, dass ich mir zu Weihnachten eine Angelausrüstung wünsche, weil mir das Fischen mit ihm so viel Spaß gemacht hat. Ich könnte die Haken also gut gebrauchen.«

Selma und Maja hatten nichts dagegen, und Marre machte vor Freude einen Luftsprung.

Nachdem sie wieder an Land gelaufen waren und Marre die Angelhaken-Sammlung in seinem Rucksack verstaut hatte, fuhren sie mit den

Fahrrädern zum Wald. Selma schlug vor, zuerst auf der großen Lichtung zu suchen, dort, wo der jahrhundertealte Baum stand. Sie stellten die Fahrräder am Waldrand ab, folgten einem engen Pfad und nahmen dann eine Abkürzung. Vorsichtig hangelten sie sich mithilfe von herabhängenden Ästen einen kleinen Abstieg herunter, der direkt zur Lichtung führte. Das ging so lange gut, bis Maja über eine Baumwurzel stolperte, den Halt verlor und mit einem Plumps auf dem Boden landete. Kreischend rutschte sie das letzte Stück der kleinen Anhöhe auf dem Po hinunter. Kasimir hopste ihr bellend hinterher. Selma und Marre sahen den beiden lachend nach.

Doch ehe Selma es sich's versah, knackte der Ast, an dem sie sich festhielt, entzwei, und sie verlor ebenfalls das Gleichgewicht. Genau wie Maja rutschte sie auf dem Hosenboden den Hang hinunter und zog den immer noch lachenden Marre im Vorbeischlittern einfach mit sich.

Maja hielt sich vor Lachen den Bauch, ehe sie aufstand und Selma und Marre auf die Beine half. »Ihr müsst mir wirklich nicht alles nachmachen!« Dann zeigte sie auf die andere Seite der Lichtung. »Dahinten ist er: der jahrhundertealte Baum.«

»Und genau da haben wir den nächsten Schatz gefunden«, erzählte Selma ihrem Opa, als sie abends zusammen ums Lagerfeuer saßen. Sie holte ein kleines Messing-Fernrohr aus ihrer Tasche, das im Schein des Feuers geheimnisvoll glänzte. »Ist es nicht wunderschön?« Sie zog es auf seine doppelte Größe aus und warf einen Blick durchs Objektiv.

»Das Päckchen mit dem Fernglas lag auf dem untersten Ast des uralten Baums«, übernahm Marre das Wort. »Der ist ja wirklich riesig! Wir waren nicht groß genug, um an den Ast dranzukommen, und wir konnten an dem glatten Stamm auch nicht so einfach hochklettern. Deshalb hat Selma das Päckchen mit einer langen Schaufel angeschoben, und ich hab es mit dem Kescher aufgefangen.«

»Das sah ziemlich cool aus«, fand Maja und wendete ihr Stockbrot über dem Feuer. »Ohne deine Ausrüstung wären wir da nicht drangekommen.«

Marre grinste und nickte stolz.

»Und ich hab auf der Lichtung noch wilde Stiefmütterchen und Vergissmeinnicht für mein Herbarium gefunden«, sagte Selma und legte ihr Fernrohr beiseite.

Opa Olle lächelte sie an. »Was ist mit dem letzten Schatz? Wo habt ihr den gefunden?«

»In der Steinbucht beim Meerjungfrauen-Stein«, antwortete Maja. »Kasimir hat den Schatz erschnüffelt.«

»Ich frage mich immer noch, woher er so genau wusste, wonach er suchen musste«, sagte Selma anerkennend.

Maja knibbelte die dunkle Kruste ihres Stockbrotes ab. »Vielleicht hat er einfach geahnt, wie sehr ich mich über das versteinerte Schneckenhaus freuen würde.«

»Das ist ein Ammonit, was ihr da gefunden habt«, erklärte Opa Olle.

»Wirklich ein sehr schönes Exemplar. Ihr seid ziemlich gute Schatzsucher. Wenn ihr wollt, mache ich gleich mal ein Foto von euch, als Erinnerung.«

Die Kinder nickten eifrig.

»Wir sind ja auch ein super Team«, sagte Marre, als wäre es das Selbstverständlichste auf der ganzen Welt. Und für die drei Freunde war es das auch.

Rezept für Stockbrot mit Sesam

Nach dieser gelungenen Schatzsuche haben sich Selma und ihre Freunde ein gemütlich prasselndes Lagerfeuer mit Stockbrot verdient! Ihr seid auch hungrig geworden? Selmas Oma verrät euch ihr Rezept für Stockbrot mit Sesam.

Zutaten für 6 bis 8 Personen:

450 Gramm Dinkelmehl · 2 Teelöffel Backpulver · ½ Teelöffel Salz · 60 Gramm weiche Butter · 40 Gramm Sesam · 125 Milliliter Kuh- oder Pflanzenmilch · 100 Milliliter Wasser

Was ihr sonst noch braucht:
Pro Person ein stabiler, trockener Stock · Schüssel · Kochlöffel · Waage · Messbecher · Geschirrtuch

So geht's:

1. Zunächst mischt ihr das Mehl mit dem Backpulver und dem Salz in einer großen Schüssel und verknetet dann alles mit der Butter.

2. Sobald der Teig krümelig wird, könnt ihr den Sesam dazugeben und ihn gut mit dem Teig vermengen. Anschließend gießt ihr die Milch und das Wasser in die Schüssel. Verrührt alles so lange, bis der Teig schön glatt wird.

Tipp: Ist der Teig noch zu klebrig, gebt ihr einfach noch ein bisschen mehr Mehl dazu.

3. Jetzt könnt ihr den Teig in kleine längliche Würste portionieren und sie spiralförmig um die Stöcke wickeln.

4. Haltet die Stöcke mit ein wenig Abstand über das Lagerfeuer, und backt das Brot so lange, bis es sich hohl anhört, wenn ihr daraufklopft.

Guten Appetit!

Das Krebsfest

Es war der Tag des Krebsfestes. Selmas Opa liebte diesen Feiertag ganz besonders, denn er läutete jedes Jahr im Spätsommer die Krebsfang-Saison ein. Ganz nach seinem Motto »Einmal Seemann, immer Seemann« verbrachte Opa Olle in dieser Zeit unzählige Stunden in den Schären, um Krebsreusen auszulegen.

Für Selma und ihren Opa war es eine feste Tradition, am Morgen des Krebsfestes früh aufs Meer rauszufahren und zu angeln. Der Fahrtwind spielte mit Selmas Haaren, die Morgensonne wärmte ihre Arme, und doch wog ihr Herz heute so schwer wie ein Backstein.

»Sag mal, wie lange willst du noch so dasitzen und dein Fernglas anstarren?«, fragte Opa Olle und sah auf das kleine schimmernde Metallrohr in ihrem Schoß.

Selma zuckte mit den Schultern.

Opa Olle wusste genau, wie ihr zumute war. »Die Abreise rückt näher, hmm?«

»Ja«, sagte Selma leise. Morgen musste sie sich nicht nur von ihren Großeltern, sondern auch von Maja, Marre und Johan verabschieden. Dann ging es zurück nach Hause in die Stadt, und die Schule fing wieder an.

»Heute ist erst mal das Krebsfest«, sagte Opa Olle. »Und was morgen ist, darüber brauchst du dir jetzt noch nicht den Kopf zu zerbrechen. Genieß lieber das Meer. Siehst du, wie wunderbar blau es heute aussieht? Das liegt an der Morgensonne.«

Während das Boot mit leise tuckerndem Motor durch die Wellen glitt, zog Selma ihr Fernrohr aus und hob es an ihr Auge. Ihr Blick schweifte über die schäumenden Meereskronen hinweg. In der Ferne sichtete sie den Leuchtturm und das Haus ihrer Großeltern.

»Opa?«

»Was gibt's, meine kleine Seeratte?«

Selma legte ihr Fernglas wieder in den Schoß. »Kannst du nicht endlich zugeben, dass du die Katze magst, und dich nicht mehr dagegen wehren, dass sie bleibt? Oma wünscht sich schon so lange eine Katze.«

Opa Olle warf ihr einen verdutzten Blick zu. »Wie bitte?«, fragte er betont unschuldig. »Erika wünscht sich eine Katze?«

»Wirklich, Opa, langsam wird's peinlich!«, rief Selma. »Du bist richtig verknallt in die kleine Katze!«

Sie beobachtete, wie das Gesicht ihres Opas mehr und mehr die Farbe einer Mohnblume annahm.

»Du weißt, was sie am liebsten frisst«, fuhr Selma fort. »Und wenn du glaubst, dass dich niemand hört, nennst du sie Nisse. Maja und ich haben dich belauscht!«

Opa Olle schwieg einen Moment lang und kratzte sich nervös am Hinterkopf. »Du hast ja recht«, sagte er langsam und hob die Hände. »Dabei kann ich eigentlich nicht gut mit Katzen, weißt du? Die schleichen immer so rum und gucken einen misstrauisch an. Aber unsere Mieze ist irgendwie anders. Sie ist zutraulich, verschmust, lieb … Ich schätze, sie hat es geschafft, mich um ihre kleine Tatze zu wickeln.« Er schüttelte den Kopf, als könne er sich dieses Phänomen selbst nicht recht erklären. »Und um ehrlich zu sein, weiß ich mittlerweile gar nicht mehr, wie es ohne sie war. Ein Kätzchen bereichert den Alltag eines alten Herren wie mich doch ungemein.«

Selma grinste breit. »Nisse, der Name passt zu ihr! Endlich kann man auch mal ordentlich nach ihr rufen.«

»Stimmt, sie war lange genug namenlos. Weißt du was? Dann machen wir es jetzt offiziell: Die Katze heißt ab sofort Nisse und ist unser neuestes Familienmitglied«, sagte Opa Olle in feierlichem Ton.

»Oh, das ist toll! Da wird sich die Oma aber freuen.« Selma klatschte begeistert in die Hände.

Als die beiden wieder zu Hause waren und Oma Erika von dieser Neuigkeit erfuhr, fiel sie Opa Olle um den Hals und küsste ihn. Den restlichen Tag tänzelte sie fröhlich durchs Haus und übte schon einmal die Lieder, die sie am Abend beim Krebsfest alle gemeinsam singen würden. Ihre gute Laune war so ansteckend, dass Selma das nahende Ende ihrer Ferien beinahe vergaß. Zusammen mit Maja und Marre saß sie im Garten und bastelte Papierhüte, die sie beim Krebsfest tragen würden, denn das war

so Brauch. Niemand würde heute Abend umhinkommen, sich einen aufzusetzen.

Marre schlug vor, noch ein Wasserlabor zu bauen, mit dem sie später am Strand unter die Wasseroberfläche gucken und Meerestiere beobachten konnten.

»Ich hab so eins schon mal gebaut, dazu braucht man gar nicht viel«, erklärte Marre. »Einen Joghurtbecher, Frischhaltefolie, Klebeband, eine Schere und ein Gummiband. Das hat deine Oma sicher alles in der Küche.«

Am Abend saßen Selma, ihre Großeltern, Maja und ihre Familie und Marre und Johan an einem langen Tisch am Strand, während die Wellen ans Ufer rauschten und die Möwen über ihnen kreischten.

Da stand Johan auf und klimperte mit einer Gabel gegen sein Glas.

»Ich möchte gerne eine kleine Rede halten«, sagte er würdevoll und schob sich seinen übergroßen Papierhut aus der Stirn. »Für Marre und mich ist heute der letzte Abend auf der Insel. Ich glaube, ich spreche für uns beide«, dabei warf er einen Blick zu Marre, »wenn ich sage, dass wir eine tolle Zeit hatten. Und für meine Forschung war dieser Sommer sehr aufschlussreich. Ich habe eine riesige Vielfalt an verschiedenen Hummelarten entdeckt und sogar einige Nester der seltenen Deichhummel, die ich zum ersten Mal aus nächster Nähe studieren konnte. Jetzt werde ich mein Material sichten, um herauszufinden, welche Blumen die Deichhummel bevorzugt und warum sie sich ausgerechnet auf eurer Insel so wohlfühlt. Sobald ich damit fertig bin, möchte ich noch mal hierher zurückkehren und einen Vortrag halten, in dem ich euch über meine Forschungsergebnisse ausführlich informiere. So viel nehme ich aber schon mal vorweg: Ihr seid im reinsten Paradies zu Hause. Kein Wunder, dass sich Hummeln bei euch so wohlfühlen – ganz zu schweigen von Marre und mir! Ihr alle habt uns auf der Insel so herzlich aufgenommen, wie ich es selten …«

»Ach, Firlefanz, Johan!«, unterbrach ihn Oma Erika. »Das ist doch selbstverständlich. Wir fanden es auch herrlich mit euch!«

Selma nickte zustimmend. Irgendwie war heute ein sehr schöner und ein sehr trauriger Tag zugleich.

»Vielen Dank, liebe Freunde. Für alles«, schloss Johan seine Rede und hob sein Glas. »Lasst uns anstoßen. Auf den Sommer, die Hummeln, die Insel – und euch!«

»Auf die Hummelinsel!«, rief Selma.

Alle lachten.

»Was für ein passender Name, Selma«, sagte Johan anerkennend und zwinkerte ihr zu. »Der gefällt mir viel besser als der richtige Name der Insel.«

Nachdem sie alle ausgiebig gegessen und ein paar Lieder gesungen hatten, liefen Selma, Maja und Marre zum Wasser, um das Labor auszuprobieren. Es war schon dämmrig, und die untergehende Sonne färbte den Horizont in ein tiefes Rot.

Sie wateten ein paar Schritte ins Meer, bis sie kniehoch im Wasser standen. Dann hielt Marre das Labor ungefähr einen Fingerbreit unter die Wasseroberfläche und schaute hindurch. »Ich sehe eine Muschel.«

»Nicht bewegen!«, rief Maja im selben Moment und zeigte auf Marres Gesicht. »Du hast da eine Wimper kleben.« Vorsichtig wischte sie über seine Wange und hielt ihm ihren Zeigefinger vor die Nase. »Wenn du sie wegpustest und dir dabei etwas wünschst, geht es in Erfüllung.«

»Du darfst uns deinen Wunsch aber nicht verraten, sonst funktioniert es nicht«, fügte Selma schnell hinzu.

Marre nickte. Er schloss die Augen und dachte kurz nach. Dann pustete er, so fest er nur konnte.

Selma seufzte. Mit einem Mal fühlte sie wieder diesen Stich in der Brust, von dem sie ihren Freunden schon den ganzen Tag erzählen wollte. »Wisst ihr, was ich richtig toll fände?«

Maja und Marre blickten sie neugierig an.

»Wenn wir uns ganz bald wiedersehen«, sagte Selma. »Wir drei.«

Marres Gesicht leuchtete auf. »Ähm, irgendwie lustig …«, begann er und schmunzelte. »Genau das hab ich mir eben gewünscht. Dass wir Freunde bleiben und bald wieder zusammen sind.«

»Wirklich?«, fragte Maja. »Dann ist dein Wunsch doch in gewisser Weise schon wahr geworden, oder? Kannst du nicht die nächsten Ferien einfach wieder hierherkommen?«

Marre grinste. »Das dürfte kein Problem sein.

Papa hat ja vorhin schon gesagt, dass er noch mal auf die Insel möchte. Also ist es abgemacht, dass wir uns in den nächsten Ferien wiedersehen?«

»Aber so was von!«, rief Selma.

»Klar«, sagte auch Maja und umarmte ihre beiden Freunde. »Immerhin sind wir doch jetzt ein Team! Ich werde euch so vermissen.«

»Und ich euch erst«, sagte Selma.

Anleitung für ein einfaches Wasserlabor

Habt ihr euch schon immer gefragt, was unter der Wasseroberfläche vor sich geht? Warum guckt ihr nicht mal nach? Marre schwört auf sein Wasserlabor.

So geht's:

1. Schneidet mit der Schere den Boden aus dem Joghurtbecher heraus.

2. Dann nehmt ihr die Frischhaltefolie und spannt sie über die offene Seite des Bechers, wo vorher der Deckel draufsaß. Fixiert die Folie mit dem Gummiband.

Tipp: Direkt unter dem Becherrand geht das am besten. Die Folie sollte straff über dem Becherloch liegen, damit ihr später gut hindurchsehen könnt.

3. Klebt noch etwas Klebeband über das Gummiband, damit die Frischhaltefolie wirklich nicht verrutschen kann.

4. Jetzt könnt ihr euch ein Gewässer suchen (eine Badewanne tut es zur Not auch). Watet kniehoch ins Wasser, haltet euer Wasserlabor vorsichtig mit der Frischhaltefolie nach unten ins Wasser und schaut hindurch.

Der Abschied

Selma saß mit Nisse auf dem Fußboden und starrte in ihren leeren Koffer. Um sie herum wütete das reine Chaos: T-Shirts, Hosen und Unterwäsche lagen überall in ihrem Zimmer verstreut oder lugten aus den geöffneten Schubladen der Kommode hervor. Auf dem Bett lagerten Kuscheltiere, Spielzeug und Bücher, und eine löchrige Socke, die Selma achtlos durchs Zimmer geworfen hatte, hing an der Holzmöwe herunter.

Oh, wie Selma Kofferpacken hasste! Sie schob die herumliegenden Klamotten zu einem Haufen zusammen und stopfte alles auf einmal in den Koffer. Während Nisse mit ihren Kuscheltieren spielte, durchsuchte Selma das Nachtschränkchen und zog ihr Herbarium hervor. Sie strich vorsichtig über den Einband und setzte sich seufzend aufs Bett. Dann blätterte sie das Buch durch und betrachtete die vielen Blumen, die sie den Sommer über gesammelt, getrocknet und eingeklebt hatte. Jede einzelne Pflanze erinnerte sie an all die kleinen und großen Abenteuer der letzten Wochen: an die Hummelsuche, das Mittsommerfest, die Übernachtung im Leuchtturm und die erfolgreiche Schatzsuche.

»Du bist ja immer noch nicht fertig!«

Selma drehte sich um. Ihre Oma stand im Türrahmen und schloss die Augen, als würde sie um Geduld flehen. »Liebes Kind, wir müssen in spätestens fünfzehn Minuten los, sonst legt die Fähre ohne dich ab! Wir sind sowieso schon spät dran. Ohne Auto schaffen wird das gar nicht mehr. Komm, verabschiede dich von Nisse, und dann lauf nach unten zu Opa. Ich erledige das hier.« Oma Erika machte eine winkende Handbewegung.

»Danke«, sagte Selma erleichtert. Sie legte das Herbarium beiseite, dann streichelte sie der Katze über den Kopf und ließ die Hand langsam über ihren grau getigerten Rücken gleiten.

»Ich fahre heute nach Hause, Nisse.«

Nisse schnurrte und drückte sich an sie.

Selma lächelte. »Ich bin auch traurig darüber, aber ich freu mich, Mama und Papa wiederzusehen …« Sie kraulte der Katze den Hals. »Versprichst du mir etwas?«, flüsterte sie in verschwörerischem Tonfall.

Nisse sah sie neugierig an.

»Passt du gut auf Opa und Oma auf, während ich fort bin?«

Die kleine Katze miaute, ganz so, als hätte sie Selmas Worte verstanden.

»Hab ich's doch gewusst, dass ich mich auf dich verlassen kann.«

Genau sechzehn Minuten und zwanzig Sekunden später saßen Oma Erika, Opa Olle und Selma im Auto und fuhren holpernd die Straße in Richtung Hafen hinunter.

»Aua!«, rief Selma und hielt sich den schmerzenden Hinterkopf. »Ihr könntet ein neues Auto vertragen.«

Opa Olle winkte ab. »Mumpitz! Wir haben jetzt eine Katze. Da brauchen wir nicht noch einen neuen Wagen.«

Oma Erika lachte. »Stimmt, das wäre wirklich zu viel des Guten, nicht wahr?« Sie zwinkerte Selma durch den Rückspiegel zu.

Die Fähre hatte bereits angelegt, als sie den Hafen erreichten. In einem rasanten Wendemanöver parkte Opa Olle den Wagen so nah am Hafenbecken, dass Selma schon befürchtete, beim Öffnen der Autotür direkt ins Wasser zu fallen.

»Jetzt aber schnell«, sagte Opa Olle und zog den Zündschlüssel ab. »Das ist die einzige Fähre, die heute ablegt.«

»Maja und Marre sind auch schon da.« Selma sprang aus dem Auto.

»Du hast fünf Minuten!«, rief Oma Erika noch, während Selma bereits wagemutig dicht am Rand des Hafenbeckens entlanglief, um sich nicht durch die vielen Menschen zu Maja und Marre durchschlängeln zu müssen. Dann stand sie endlich vor ihren Freunden.

»Menno«, flüsterte sie. »Ich will nicht.«

»Frag mich mal«, seufzte Marre und sah richtig traurig aus. »Aber ich finde es schön, dass wir wenigstens wieder zusammen die Fähre nehmen.«

»Ihr müsst ganz bald wiederkommen, genau wie wir es abgemacht haben. Versprochen? Ich hab auch noch was für euch.« Maja griff in ihre Umhängetasche und zog zwei kleine flache Päckchen heraus, die jeweils mit einer Schleife und drei Gänseblümchen verziert waren.

»Oh, das ist so lieb von dir! Dürfen wir es gleich auspacken?«, fragte Selma.

»Wie ihr mögt«, meinte Maja.

Selma löste die Schleife und wickelte ihr Geschenk vorsichtig aus. Es war ein kleiner, bunt gemusterter Bilderrahmen. Auf dem Foto, das darin steckte, waren Maja, Marre und sie selbst zu sehen, wie sie Arm in Arm vor dem Lagerfeuer standen und in die Kamera grinsten.

»Ich hoffe, es gefällt euch. Den Rahmen hab ich selbst gebastelt.« Maja schaute verlegen zu Boden.

»Cool, das ist ja das Foto, das wir nach der Schatzsuche gemacht haben! Ich hänge es heute Abend direkt in mein Zimmer«, verkündete Marre.

»Maja, der Bilderrahmen ist total schön. Danke!«, sagte Selma.

»Kinder, wir müssen jetzt wirklich aufs Schiff, sonst fährt es ohne uns!«, rief Johan, der noch schnell eine Kleinigkeit im Hafenkiosk gekauft hatte und nun neben ihnen stand. Auch Oma Erika und Opa Olle hatten sich inzwischen bis zu den Kindern durchgeschoben.

»Schickst du uns Fotos von Kasimir und erzählst uns, was hier auf der Insel so passiert?«, fragte Selma ihre beste Freundin.

»Klar, aber ihr müsst mir auch schreiben und anrufen und überhaupt.«

»Wie wäre es, wenn wir bis zu den nächsten Ferien einfach schon mal Ideen sammeln, was wir alles zusammen machen wollen?«, schlug Marre vor. »Wir könnten uns eine Art Rundbrief schicken. Ich fange an und schreibe Selma, was mir so einfällt, zum Beispiel eine Schnitzeljagd am Strand. Darunter kann Selma ihre Ideen schreiben und den Brief an dich weiterschicken, Maja. Dann schreibst du deine Vorschläge darunter und schickst den Brief an mich. Und so weiter und so weiter. Am Ende haben wir eine lange Sammlung an Ideen. Ihr wisst ja: Vorfreude ist die schönste Freude.«

»Ich liebe es, Post zu kriegen!«, rief Maja begeistert.

»Dann ist es abgemacht«, sagte Selma. Sie und Marre streichelten Kasimir noch ein letztes Mal über den Kopf und verabschiedeten sich dann von Maja, Oma Erika und Opa Olle.

»Mach's gut, meine kleine Seeratte.« Opa Olle nahm Selma in den Arm.

Oma Erika drückte ihrer Enkelin einen dicken Schmatzer auf die Wange und schnäuzte sich, bevor Selma zusammen mit Johan und Marre an Bord ging.

»Ich wünsch euch eine gute Heimfahrt. Und du passt unterwegs gut auf meine Selma auf, oder, Johan?«, rief Oma Erika ihnen noch hinterher.

»Mit dem größten Vergnügen!«, rief Johan zurück.

Als die drei schließlich an Deck der Fähre standen und die Leinen losgemacht wurden, winkten Maja, Opa Olle und Oma Erika ihnen vom Hafen aus zu. Kasimir wedelte fröhlich mit dem Schwanz, und es sah fast so aus, als würde auch er Auf Wiedersehen sagen.

Selma, Marre und Johan winkten zurück. Über ihnen flogen unzählige Möwen und kreischten wild durcheinander. Sie schienen ganz genau zu beobachten, wie die kleine Fähre sich nun langsam in Gang setzte.

Selma war sich sicher, dass die Vögel das Schiff wieder aufs Meer hinausbegleiten würden, so wie damals auf ihrer Hinfahrt. Und da fiel ihr wieder die Seemannsweisheit ihres Opas ein, dass viele Möwen einen schönen Sommer voraussagten. Selma schmunzelte, ihr Opa hatte recht behalten: Es war der beste Sommer aller Zeiten gewesen!

Sie sah noch ein letztes Mal zur Insel hinüber, bevor sie Johan und Marre in den Fahrgastraum folgte. Dann tuckerte die Fähre aus dem kleinen Hafen heraus und verschwand langsam am Horizont.

Anleitung für einen einfachen Bilderrahmen aus Holzstielen

Fotos sind etwas Wunderbares! Sie erinnern uns an schöne Momente mit unseren Freunden oder unserer Familie. Kramt mal in der Familien-Fotokiste. Ihr findet bestimmt ein Bild, das euch gefällt. Den passenden Rahmen basteln wir jetzt gemeinsam!

Ihr braucht:

- ein Bild oder Foto (höchstens 7,5 × 7,5 Zentimeter)
- vier Holzstiele (zum Beispiel für Stiel-Eis, es gibt sie im Drogeriemarkt oder im Bastelladen)
- buntes Washi-Tape (2 Zentimeter Durchmesser)
- Filzstifte
- flüssigen Holzkleber
- Tesafilm

So geht's:

1. Nehmt eure vier Holzstiele. Bemalt und beklebt sie von einer Seite mithilfe der Filzstifte und des Washi-Tapes. Ihr könnt jeden Holzstiel anders gestalten oder jeweils zwei in denselben Farben und Mustern bemalen.

2. Legt das Foto vor euch auf den Tisch. Nehmt zwei Holzstiele und legt einen an die linke und den anderen an die rechte Seite des Bildes, sodass sie jeweils am Rand des Fotos entlangführen. Die Stiele liegen perfekt, wenn alle vier Stiel-Enden etwa ein daumengroßes Stück über das Foto hinausragen.

3. Jetzt geht es ans Kleben! Fangt mit dem linken Holzstiel an: Nehmt den Flüssigkleber und drückt etwas Kleber unten und oben auf die Holzstelle, die länger als das Foto selber ist. Dasselbe macht ihr beim rechten Holzstiel.

4. Schnappt euch die zwei übrigen Holzstiele. Legt einen davon oberhalb des Bildes an, sodass er am Rand des Fotos entlangführt und genau über den beiden Kleberklecksen verläuft. Drückt ihn vorsichtig an. Mit dem letzten Holzstiel für den unteren Rand des Fotos verfahrt ihr genauso.

5. Nun könnt ihr das Foto von hinten an dem Rahmen festkleben. Nehmt hierfür einfach etwas Tesafilm.

Die Autorin

Svenja Stein, geboren 1987, begann ihr Skandinavistik-Studium in Freiburg, bevor sie das Fernweh packte und sie nach Umeå in Schweden zog. Dort arbeitete sie als freie Übersetzerin und studierte Kinderliteratur und Kreatives Schreiben. 2013 kehrte sie als Kinderbuchlektorin nach Deutschland zurück. Mittlerweile arbeitet sie als Food-Redakteurin in Hamburg. *Sommer auf der Hummelinsel* ist ihr Debüt als Autorin.

Die Illustratorin

Naeko Walter wurde 1984 in Japan geboren und kam im Alter von drei Jahren mit ihrer Familie nach Deutschland. Schon als Kind liebte sie es zu zeichnen, und später studierte sie an der Fachhochschule in Münster Illustration. Heute arbeitet sie als Illustratorin für Kinder- und Jugendbücher und lebt mit ihrer Familie in Schriesheim.

Das alte Fischerhaus
Der
Der Leuchtturm
Die Waldlichtung am Kullerberg
Das Haus von Selmas Großeltern
Majas Haus
Die Eisdiele
„Wünsch dir was"